Hermann Weinhauer

Brennender Harz

Mit der Waffen-SS im Endkampf an der Westfront im 2. Weltkrieg

EK-2 Militär

Verpassen Sie keine Neuerscheinung mehr!

Tragen Sie sich in den Newsletter von *EK-2 Militär* ein, um über aktuelle Angebote und Neuerscheinungen informiert zu werden und an exklusiven Leser-Aktionen teilzunehmen.

Link zum Newsletter:

https://ek2-publishing.aweb.page

Über unsere Homepage:
www.ek2-publishing.com
Klick auf *Newsletter*

***Via Google**: EK-2 Verlag*

Als besonderes Dankeschön erhalten Sie **kostenlos** das E-Book »Die Weltenkrieg Saga« von Tom Zola.

Deutsche Panzertechnik trifft außerirdischen Zorn in diesem fesselnden Action-Spektakel!

Ihre Zufriedenheit ist unser Ziel!

Liebe Leser, liebe Leserinnen,

zunächst möchten wir uns herzlich bei Ihnen dafür bedanken, dass Sie dieses Buch erworben haben. Wir sind ein kleines Familienunternehmen aus Duisburg und freuen uns riesig über jeden einzelnen Verkauf!

Mit unserem Label *EK-2 Militär* möchten wir militärische und militärgeschichtliche Themen sichtbarer machen und Leserinnen und Leser begeistern.

Vor allem aber möchten wir, dass jedes unserer Bücher **Ihnen ein einzigartiges und erfreuliches Leseerlebnis** bietet. Daher liegt uns Ihre Meinung ganz besonders am Herzen!

Wir freuen uns über Ihr Feedback zu unserem Buch. Haben Sie Anmerkungen? Kritik? Bitte lassen Sie es uns wissen. Ihre Rückmeldung ist wertvoll für uns, damit wir in Zukunft noch bessere Bücher für Sie machen können.

Schreiben Sie uns: info@ek2-publishing.com

Nun wünschen wir Ihnen ein angenehmes Leseerlebnis!

Jill & Moni
von
EK-2 Publishing

Nach einem weiteren erfolgreichen Stoßtruppeinsatz mit der Einbringung eines Gefangenen, wird mir, dem Unteroffizier Eduard Herzl, neben dem Eisernen Kreuz I. Klasse nun auch die Nahkampfspange 2. Stufe verliehen. Dafür bekomme ich noch im April 1945 eine Woche Sonderurlaub durch meinen Regimentskommandeur ausgesprochen. Zwar bin ich einigermaßen überrascht, da es an der Front ja an allen Ecken und Enden brennt, doch hütete ich mich davor, meinem Vorgesetzten zu widersprechen.

Schnell sind meine privaten Sachen zusammengepackt und die entsprechenden Papiere abgeholt. Meine Fahrt führt mich durch das Protektorat. Dort kann ich bereits eine gewisse Spannung in der Luft spüren. Überall laufen Landser mit grimmigen Mienen durch die Gegend und patrouillieren an wichtigen Plätzen. Weiter geht es quer durch das Reich. Hier sehe ich wieder einmal die schrecklichen Auswirkungen der alliierten Terrorflieger. Seit meinem letzten Urlaub haben sich die Schäden weiter verschlimmert. Die meisten Städte, durch die ich fahre, zeigen starke Bombenschäden. Ein paarmal muss der Zug auf freier Strecke anhalten, da entweder die Gleise durch Bombenschäden unterbrochen sind oder es Fliegeralarm aufgrund von Tieffliegern gibt.

Dennoch gelange ich sicher in meine Heimat und ich verbringe einige recht unbeschwerte Tage im Kreise meiner Familie. Natürlich werde ich überall, wo ich in meiner Heimatstadt hinkomme, bestürmt, wie es den an der Front aussehe, und vor allem, ob die Front denn halten werde.

Was soll man als Soldat dazu sagen? Natürlich habe ich den Glauben, das wir halten können und den Feind auch wieder zurückdrängen werden.

Meinem Vater zuliebe laufe ich fast immer in Uniform herum. Er ist unheimlich Stolz auf die Leistungen seines ältesten Sohnes an der Front und möchte dies auch jedem zeigen. Meine Orden und Ehrenzeichen signalisieren ja dem Betrachter, dass ich nicht in der Etappe versauere.

Wenn wir abends im Haus zusammensitzen, muss ich ihm ab und an einige Fronterlebnisse berichten. Er selbst diente im ersten Großen Krieg, weiß also, was ich meine, wenn ich von Artilleriefeuer, Sturmangriff, Einbruch in die Stellungen und Nahkampf mit dem Feind rede. Meine Mutter fragt nie nach. Sie hört auch recht selten zu. Bestimmt kann sie sich wohl nur einen Bruchteil davon vorstellen und das wird ihr schon reichen. Welche Mutter möchte sich den eigenen Sohn auch in solch gefährliche Situationen vorstellen?

Eines Morgens, es ist der 8. April 1945 und mein Urlaub neigt sich langsam dem Ende, gibt der Bürgermeister zusammen mit meinem Vater, welcher Blockleiter in unserem Ort ist, bekannt, dass Göttingen an den Feind gefallen ist.

Mein Gott, Göttingen, das ist gar nicht mehr so weit weg. Wenn ich überlege, welche Tagesleistungen wir damals in Russland geschafft haben, geht es mir durch den Kopf.

Mein Vater hat einen sehr bedrückten Gesichtsausdruck. Auch wenn er recht zeitig in die Partei eingetreten ist, so hielt er nie mit Kritik hinterm Berg. Das ist wohl auch der Grund, warum er keine richtige Karriere in der Partei gemacht hat.

Am 9. April möchte meine Mutter zusammen mit meinem kleinen Bruder zu einem örtlichen Bauern, um Lebensmittel zu kaufen. Ich begleite die beiden, denn ich empfinde dies doch als etwas riskant ob der aktuellen Lage. Ich habe mich dazu entschieden, dieses Mal zivile Sachen zu tragen. Die Uniform werde ich noch lang genug tragen dürfen. Als wir zum Bauernhof kommen, sehen wir, dass wohl einige andere Leute aus der umliegenden Gegend die gleiche Idee hatten. Es hat sich eine kleine Menschenansammlung gebildet. Dies macht mich nun noch nervöser, denn von der Ostfront her, kenne ich Angriffe russischer Tiefflieger auf genau solchen Menschenansammlungen. Warum sollten es da die Amerikaner anders handhaben?

Nach einiger Zeit vernehme ich allzu bekannte Geräusche. Das entnervende Rasseln und Klirren von Panzerketten drängen sich in die Geräuschkulisse. Ich bin wie elektrisiert.

Sind das etwa schon die Amis? Das ging aber schnell, denke ich. Nun ist natürlich guter Rat teuer.

Stutzig macht mich jedoch, dass es keinerlei Gefechtslärm gibt. Kein einziger Schuss fällt. Was hat das wieder zu bedeuten? Kampflose Übergabe? Sind die Leute vom raschen Vorstoß so überrascht, dass niemand Widerstand leistet? Nicht möglich! Schon will ich mich aufmachen und die Lage erkunden, da kommt mein kleiner Bruder angerannt. Er war mit ein paar Freunden, welche zusammen als Flakhelfer Dienst tun, in der Stadt.

Aufgeregt und euphorisch berichtet er, dass es sich um eine Einheit der Waffen-SS handelt. Glück im Unglück. Wenigstens keine Feinde, aber ich bin in Zivil unterwegs.

Das kann ein böses Ende nehmen. In dieser Zeit wird oftmals zuerst gehandelt und erst dann gefragt. Schneller als gedacht, hat man wegen angeblicher Fahnenflucht eine Kugel im Kopf oder man hängt an der nächsten Laterne. Beides ist für mich natürlich nicht erstrebenswert. Also mache ich, dass ich nach Hause komme, um meine Uniform und meine Waffen zu holen. Um ganz sicher zu gehen, dass ich keinem SS-Soldaten über den Weg laufe, nutze ich kleine Gassen und Schleichwege. Das ist weiter kein Problem, denn schließlich bin ich hier aufgewachsen.

Daher komme ich ungesehen Daheim an. Nun aber schnell die Uniform angezogen. Auf die Kleiderordnung nach Heeresdienstvorschrift achte ich nicht. Im Feld wird sich sowieso zweckdienlich und nicht vorschriftsmäßig gekleidet. Die Front hat ihre eigenen Regeln.

Zuletzt hole ich meinen Karabiner 41 aus dem Kellerschrank und begebe mich zur Ortsmitte. Dort legt die Truppe eine Pause ein. Irgendwie habe ich das Gefühl, dass mein Urlaub nun vorbei ist.

Ich sehe den Bürgermeister, meinen Vater und einen SS-Offizier auf dem Marktplatz stehen. Der SS-Offizier lässt sich von den beiden anscheinend gerade anhand einer Karte das Gelände und den besten Weg erklären. Die drei Männer sind vollkommen in das Gespräch vertieft und so nehmen sie keinerlei Notiz von mir. Ich begebe mich schnellen Schrittes zu ihnen, um mich beim SS-Führer zu melden.

Mit der Waffe in der Hand möchte ich mich gerade vor der Gruppe aufbauen, als der Offizier, welcher den Rang eines Obersturmführers bekleidet, mit einer MP 40 im Anschlag erschrocken herumfährt und »Stehenbleiben, keinen Schritt weiter« schreit. Geistesgegenwärtig schlägt mein Vater den Lauf der Maschinenpistole nach unten und brüllt nun seinerseits den Offizier an: »Nicht schießen! Das ist doch mein Sohn!«

Verdutzt schaut der Obersturmführer mich an, lässt nun vollends seine Waffe sinken und meint trocken: »Schwein gehabt. Im nächsten Augenblick hätte ich dich über den Haufen geschossen!«

Ich könnte mich für diese Leichtsinnigkeit selbst ohrfeigen. Der Obersturmführer sieht mir meine Verlegenheit anscheinend an und grinst. Der Bürgermeister schlägt nun vor, die Besprechung in sein Haus zu verlegen. Dort sei man auch vor etwaigen Überraschungen sicher.

Es stimmen alle zu. Ich folge der kleinen Gruppe und nehme an der Besprechung teil. Niemand hat Einwände dagegen.

Der SS-Mann erklärt uns, dass es sich bei seiner Truppe um eine Panzerabteilung der SS-Panzerbrigade »Westfalen« handele. Sie sei auf dem Truppenübungsplatz Sennelager aufgestellt worden. Ursprünglich habe es sich um eine Ausbildungseinheit für Unterführer der Panzertruppe der Waffen-SS gehandelt, sie sei aber dann alarmiert worden und seither ständig am Feind. Dementsprechend seien die Landser nervlich sehr angespannt. Ständig den Feind im Nacken und immer nur Zurückweichen, macht einen Soldaten mürbe. Das erklärt auch die »leichte« Überreaktion des SS-Offiziers. Ich bin ihm nicht gram. Denn ich kenne es selbst, wenn man immer den Tod vor Augen hat und sogar Kameraden zurücklassen muss, um sein eigenes

Leben zu retten. Die Erlebnisse der Front nagen früher oder später an jedem Nervenkostüm.

Ich stelle fest, dass der junge SS-Obersturmführer einen sehr sympathischen Eindruck macht. Die Besprechung gibt mir die Gelegenheit, ihn etwas näher zu betrachten. Er ist gekleidet in einer schwarzen Feldjacke der Panzertruppe, an der ich das Band des Eisernen Kreuzes II. Klasse und das Band des »Gefrierfleischordens« erkenne. Darüber hinaus hat er noch das Panzerkampfabzeichen und das Verwundetenabzeichen in Silber. Entgegen seiner schwarzen Feldjacke trägt er eine Feldhose im typischen braunen Flecktarnmuster der Waffen-SS. Unter seiner grauen Offiziersschirmmütze blitzt ein weißer Kopfverband hervor. Ein altgedienter Frontsoldat also. Wahrscheinlich hatte er eine schwere Verwundung erlitten, sodass er nicht mehr voll frontverwendungsfähig ist und zu einer Ausbildungseinheit versetzt wurde. Diese Erkenntnis beruhigt mich irgendwie, denn ich spüre, dass diese Truppe mein Schicksal nun einige Zeit beeinflussen wird.

Der Bürgermeister und mein Vater erklären ihm den besten Weg zum neuen Einsatzgebiet, welches die »Festung Harz« sein soll. Dies ist besonders wichtig, da die Einheit teilweise aus schweren Panzern der Typen Tiger, Tiger II und sogar Jagdpanther besteht. Also Fahrzeuge, welche nicht für enge Gebirgsstraßen geschaffen sind.

Nun wendet sich der SS-Mann zu mir und meint: »Und du begleitest uns doch sicher, oder?«

Automatisch antworte ich: »Jawohl, Herr Obersturmführer.« Was soll ich auch sonst sagen? Lieber schließe ich mich einer intakten Kampfgruppe an, als vom Heldenklau in eine zusammengewürfelte Alarmeinheit verfrachtet zu werden. An der Ostfront habe ich bereits einige Male die Bekanntschaft mit solchen Alarmeinheiten gemacht. Die Verluste jener Einheiten sind stets unverhältnismäßig hoch, denn es gibt einfach keinen inneren Zusammenhalt in solch einer Truppe. Niemand kennt sein Gegenüber in diesen Einheiten.

Der SS-Offizier grinst und erwidert: »Sehr schön, ich freue mich immer über erfahrene Soldaten, die wissen, wie es an der Front zugeht. Aber das ›Herr‹ lassen wir sein.«

Natürlich kenne ich diese Marotte der SS, doch ist es für mich ungewohnt. Ich hatte noch nie große Berührungspunkte mit SS-Einheiten.

Wir treten aus dem Haus des Bürgermeisters und ich sehe, dass die SS-Soldaten sich an ihren Fahrzeugen und Gerätschaften zu schaffen machen. Nicht weit von mir entfernt fuhrwerkt ein SS-Untersturmführer mit einer Brechstange an eine Kette seines Tigers herum. Die Offiziere packen genauso an wie die Mannschafter. Bei Heereseinheiten habe ich schon das Gegenteil erlebt und so mancher Heeresoffizier war sich zu fein, sich die Hände dreckig zu machen. Jedoch war deren Ansehen bei der Truppe auch entsprechend niedrig und der eine oder andere wurde durch die Front sehr schnell von seiner Arroganz und Eitelkeit geheilt.

Die Truppe des Obersturmführers macht einen sehr disziplinierten und geordneten Eindruck. Ohnehin wäre es in diesen Tagen zu gefährlich, sich stillschweigend zu verkrümeln. Dennoch habe ich vor, mich letztendlich zu meiner Stammeinheit durchzuschlagen. Die eigene Truppe ist nun mal so etwas wie Familie. Man ist gemeinsam durch die Hölle gegangen und hat sich gegenseitig gestützt. Wenn ich nun wieder zum Fronteinsatz muss, dann bei meinem eigenen Haufen.

Die Panzerbesatzungen sitzen auf und die Grenadiere bemannen ihre Schützenpanzer. Ich finde Platz auf einem Mercedes-Benz L 4500. Kurz darauf geht es in Richtung Harz. Bisher hatte ich es noch nicht mit dem Amerikaner zu tun, nur ab und an mit Waffen aus seiner Produktion. Damit versorgt er den Russen zur Genüge. Ohne seine enormen Materiallieferungen würde es im Osten bei weitem günstiger für uns aussehen. Teilweise standen uns ganze Divisionen gegenüber, welche komplett mit amerikanischem Material ausgerüstet waren. Daher hole ich mir erstmal einige Informationen über seine Kampfweise ein. Ich habe es schon immer mit dem Motto »Kenne deinen Feind« gehalten.

Es stellt sich sehr schnell heraus, dass auch dem Ami kein guter Ruf anhaftet. Man berichtet mir von Gefangenenerschießungen und anderen Gräueltaten. Auch hier hat der Gegner das Gesetz des Handelns fest in der Hand. Doch ist es hier ein eigenartiger Krieg. Ein SS-Scharführer erzählt mir, dass es immer das Gleiche sei. Bis zum Mittag, manchmal sogar bis zum Nachmittag passiert nicht viel. Vielleicht mal ein Artillerieüberfall oder Störfeuer. Dann erst wird der Ami munter und er orgelt mit seiner Artillerie, oder schickt auch schon mal schwere Bomber, welche dann Bombenteppiche legen.

Das einzige, beinahe stetige Ärgernis sind die Jabos. Diese sind wohl den ganzen Tag lang aktiv.

Was mögen die Amis wohl bis zum Mittag treiben?, überlege ich und komme zu dem Schluss, dass sie wohl wissen werden, dass sie den Krieg wohl gewonnen haben. Warum sollten sie sich da beeilen? Von Osten kommt ja ihr Verbündeter, die Rote Armee, ebenfalls scheinbar unaufhaltsam heran. Anscheinend gehen sie da lieber kein Risiko ein und überlassen ihren Verbündeten die schweren Schlachten und blutigen Menschenopfer - auch wenn dies bedeutet, dass der Russe mehr und mehr Gebiet erobert. Also bereiten sie jeden Vormarsch gründlich vor. An Munition mangelt es ihnen ja nicht, wie mir gesagt wird. Nun, das kenne ich auch vom Osten her. Dort habe ich auch bereits wahre Trommelfeuer schwerer und schwerster Artillerie und Salvenwerfer erlebt.

Eine ganze Zeit fahren wir durch die Gegend. Stunde um Stunde vergeht. Auf einmal höre ich die ersten Anzeichen vom Feind.

Dieser rücke von der Ortschaft Lenglern her heran, so sagt es mir der Scharführer, welcher eine Karte der Gegend bei sich hat. Wir hören heftiges Infanteriefeuer in unserem Rücken. Auch Panzerkanonen knallen dazwischen. Wir gehen in Richtung Lohberg-Tonkuhle-Rauschwasser zurück.

Kurz vor einer kleinen Ortschaft gehen wir dann in Stellung. Schnell sind improvisierte Schützenmulden gegraben und unsere Panzer sind in Deckung gefahren, um notfalls eingreifen zu können. Es dauert auch nicht lange, da sehen wir die Amerikaner, von Deckung zu

Deckung springend, sich heranpirschen. Anscheinend sind sie sich nicht sicher, ob sie hier auf Widerstand stoßen werden, oder nicht. Auf jedem Fall verzichten sie auf Artilleriefeuer. Das freut mich natürlich.

Wir lassen sie weiter herankommen. Es herrscht eine erstaunliche Feuerdisziplin in der Truppe und das, obwohl auch hier viele jüngere Jahrgänge anzutreffen sind.

Ich habe es bereits um das ein- oder andere Mal erlebt, dass ein kampfungewohnter junger Landser das Feuer zu früh eröffnet hatte und wir dadurch frühzeitig unserer Stellung preisgaben. Dadurch passierte es immer wieder, dass eine erfolgreiche Abwehr nicht, oder nur unter schweren Verlusten möglich wurde. Hier jedoch läuft alles glatt. Je näher die Amis kommen, umso unvorsichtiger werden sie. Sie fühlen sich sicher und unterlassen es letztendlich, auf Deckung zu achten.

Wir jedoch bleiben ganz still, anscheinend unsichtbar für den Feind. Dennoch hat bereits jeder von uns den Gegner anvisiert. Vielleicht 100 Meter vor unserer Stellung verläuft ein kleiner Fluss. Dort führt eine Brücke hinüber und dorthin zieht es nun auch die amerikanischen Infanteristen. Jeder von ihnen möchte trockenen Fußes über das Wasserhindernis. Dementsprechend staut es sich nun bei der Brücke. Ein unglaubliches Durcheinander herrscht beim Ami. Ich schüttle nur den Kopf ob dieser Disziplinlosigkeit.

Keine Spur mehr von Ordnung und koordiniertem Vorgehen. Anscheinend nehmen sie nun tatsächlich an, dass sie hier auf keinen Widerstand treffen werden. Gerade wollen ein paar Offiziere wieder Ordnung schaffen, da löst sich bei uns der erste Schuss und streckt einen der amerikanischen Offiziere nieder. Dies ist nun wiederum das Signal für den Rest der Truppe, ebenfalls das Feuer auf den nun völlig überraschten Haufen zu eröffnen.

Auch ich behalte seelenruhig einen amerikanischen Soldaten im Visier und drücke ab. Wie vom Blitz getroffen sackt er zusammen. Doch das beobachte ich nur aus dem Augenwinkel, denn schon wandert der nächste Ami in mein Fadenkreuz. Ununterbrochen hagelt es in den dicht gedrängten Haufen. Schuss um Schuss jagen wir aus unseren Waffen. Auf dieser kurzen Distanz ist es auch für den schlechtesten Schützen kaum möglich vorbeizuschießen. Mehr und mehr Feinde liegen auf und vor der Brücke. Einige schreien um Hilfe oder nach dem Sanitäter. Andere versuchen zurückzukommen. Einige wenige Unglückliche fallen getroffen in den Fluss und werden vom Wasser mitgerissen. Viele rühren sich nicht mehr. Nun tauchen amerikanische Panzer vom Typ M4 Sherman auf und versuchen, ihre arg bedrängte Infanterie zu unterstützen. Darauf haben unsere Panzer jedoch nur gewartet. Noch bevor ein amerikanischer Tank das Feuer auf uns richten kann, treten unsere getarnt stehenden Tiger in Erscheinung, welche bisher noch keinen Schuss abgegeben haben. Auf diese Entfernung ist die Panzerung der Shermans kein Hindernis für die 8,8-cm-KWK der Tiger. Egal, mit welchem Winkel sie auftreffen, die Shermans werden außer Gefecht gesetzt. Auf dieser Kernschussweite ist jeder Treffer tödlich.

Ich beobachte, wie ein Sherman frontal in den Bug getroffen wird. Es blitz kurz auf und der amerikanische Panzer bleibt ruckartig stehen. Plötzlich wird er durch eine gewaltige Explosion regelrecht auseinandergerissen. Das wiederum hat zur Folge, dass einige feindliche Soldaten durch herumfliegende Splitter und Stahlteile getötet werden.

Unsere schweren Panzer schalten einen amerikanischen Tank nach dem anderen aus. Wir nehmen die feindliche Infanterie aufs Korn. Die US-Truppe kann sich nicht halten und weicht wieder zurück. Schon möchte Jubel in uns aufsteigen, als Lagen leichter und mittlerer Artillerie dicht bei unseren Stellungen einschlagen. Wir gehen in volle Deckung. Das ist in unseren improvisierten Schützenmulden gar nicht so einfach. Ich versuche meine Mulde mit dem Feldspaten tiefer zu buddeln, komme jedoch nicht weiter in die Erde, da ich ständig auf größere Steine stoße, welche ich im Liegen und unter Feuer nicht herausbekomme.

Die feindlichen Kräfte nutzen das deckend liegende Feuer aus, um sich zurückzuziehen und neu zu formieren. Wir liegen wie fest genagelt mit den Nasen im Dreck. Wer den Kopf zu hoch hält, bekommt sogleich die Rechnung und manch ein Landser wird durch Splitter getötet oder verwundet. Langsam, aber sicher wird die Stellung unhaltbar. Immer öfter höre ich die Schmerzensschreie der Kameraden. Wie eine Erlösung erscheint mir da der Ruf: »Stellung räumen!«

Wir lösen uns geordnet aus unseren Stellungen. Halten den Feind mit gezieltem Feuer auf Abstand. Bei dem starken Artilleriefeuer gar nicht so einfach und so mancher Kamerad erleidet Splitterverwundungen.

Wir ziehen uns durch einen Straßengraben zurück, dieser bietet uns wenigstens ein wenig Deckung gegen das Ari- Feuer, welches uns noch ein Stück verfolgt. Glücklicherweise sind eine Menge Blindgänger dabei. Aber an Munition mangelt es dem Ami nicht. Er hat massenweise davon. Daher hält das Feuer in unverminderter Stärke an, steigert sich sogar. Die Panzer haben sich in schneller Fahrt ins rückwärtige Gebiet abgesetzt. Auch sie sind gegen das Artilleriefeuer machtlos.

Hinter Rauschwasser kommen wir an einer kleinen Mühle vorbei. Wir sehen wir so etwas wie eine weiße Fahne hängen. Jedenfalls sieht es so aus. Die ausgepumpte Waffen- SS-Truppe reagiert darauf sehr allergisch. Ein paar Grenadiere stürmen in die Mühle hinein und zerren den Müller heraus. Ein SS-Oberscharführer stellt ihn zur Rede. Der Mann behält jedoch die Nerven und steht seelenruhig Rede und Antwort. Er behauptet fest, dass dies keine Fahne sei, sondern eines seiner Arbeitshemden. Da er Müller sei, wäre dies nun einmal weiß. Die ruhige und unerschütterte Art des Mannes, welche keinerlei Verunsicherung zeigt, überzeugt die SS-Männer, und sie lassen den Müller wieder seiner Arbeit nachgehen.

Wir ziehen uns weiter zurück. Es geht über Unter der Plesse entlang nach Reyershausen. Unentwegt schauen dutzende Augenpaare regelmäßig zum Himmel, um nach einem feindlichen Artilleriebeobachter Ausschau zu halten. Unser Haufen zieht durch das Rodetal bis zum

Hardenberg. Glücklicherweise gibt es keine Feindberührung. Auf unserem Weg schließen sich uns mehr und mehr Truppenteile an. Zum überwiegenden Teil handelt es sich um SS-Einheiten, aber auch einige Heerestruppen und sogar Luftwaffeneinheiten sind dabei. Anscheinend gibt es hier keine geordnete zentrale Führung.

Als es dunkel wird, sammeln wir uns an einer großen Scheune. Unsere schweren Panzer und die Fahrzeuge sind bereits vor Ort und die Besatzungen haben sie notdürftig getarnt und in Deckung abgestellt. Es wird eine kurze Rast befohlen. Wir legen uns in ein improvisiertes Strohlager. Beinahe bin ich eingeschlafen, da donnern kräftige Schläge. Artillerieüberfall in unsere Richtung. Wurden wir entdeckt? Lieber nicht abwarten. Sofort machen wir uns wieder auf den Weg, kein Risiko eingehen. Das würde wohl nur unnötige Verluste kosten. Die abgekämpfte Truppe bleibt von diesem Feuerzauber recht unbeeindruckt. Die Einschläge sind breit gefächert und ungenau. Also wurden wir wohl nicht entdeckt und die Amis wollen nur das Gebiet abstreuen, uns nicht zur Ruhe kommen lassen und zermürben.

Übermüdet marschieren wir weiter. Bei einigen Kameraden sieht es beinahe so aus, als ob sie im Laufen schlafen würden. Vielleicht tun sie es auch. Ein Soldat lernt im Laufe der Zeit in den möglichsten und unmöglichsten Situationen und Positionen zu schlafen. Irgendwann fordert der Körper seinen Tribut.

Unser Geisterhaufen marschiert durch Suderhausen, Gillersheim und Lindau. Die Ortschaften sind alle menschenleer. Kein Einwohner lässt sich blicken. Beinahe ist diese Situation schon gruselig. Sicherlich wird der eine oder andere verstohlene Blick aus dem Inneren der Gebäude auf uns geworfen, sehen können wir davon jedoch nichts. Am Strohkrug beim Örtchen Bilshausen ist endlich wieder Halt. Die ausgepumpte Truppe rastet rund um das Gebäude eines Landproduktehandels. Wir fallen sofort in einen bleiernen Schlaf.

Als der neue Morgen anbricht, es ist der 10. April 1945, werden die Landser so weit wie möglich auf die Fahrzeuge verteilt. Endlich ist der elende Fußmarsch vorerst vorbei.

Ich und noch drei andere Kameraden finden auf einem schweren Tiger Platz, und so werden wir neben der gesprengten Oderbrücke bei Wulften über den Fluss gefahren. Ein junger Kamerad ist unvorsichtig, rutscht ab und berührt mit einer Hand die glühend heißen Auspufftöpfe des schweren Panzers. Eine sehr schmerzhafte und unschöne Verbrennung ist die Folge. Wir bereiten ihm aus einem Lappen und kaltem Wasser, welches einer der Landser noch in der Feldflasche hat, einen improvisierten Verband. Der verletzte Kamerad muss aber dennoch demnächst zum Sani.

Wir bewegen uns nach Schwiegershausen und werden auf einer Wiese am Ortsausgang Richtung Osterode gesammelt und verpflegt. Die schweren Fahrzeuge rücken wieder ab. Uns wird mitgeteilt, dass die »Festung Harz« verteidigt werden soll. Auch um die neuen Waffen, welche bald eingesetzt werden sollen, drehen sich so manche Gespräche. Wir haben hier den Feind zu halten und starke Feindkräfte zu binden, welche dann mit den neusten Waffen vernichtend geschlagen werden sollen. Je mehr Feindkräfte wir hier binden können, desto wirksamer ist dann der Gegenschlag. Ich bin ebenso gespannt wie die anderen Kameraden auch. Natürlich möchte auch ich dem Feind seine Angriffe auf zivile Ziele vergelten und ihn aus der Heimat hinauswerfen.

Wieder heißt es aufsitzen. Ich finde auf einen überladenen LKW des Typen Mercedes-Benz L-3000 Platz. Auf der offenen Ladefläche herrscht ein totales Durcheinander. Hier liegen Panzerfäuste, Handgranaten und Munition kreuz und quer. Ich fühle mich überhaupt nicht wohl.

Wenn jetzt nur ein einziges Teil hochgeht, dann ist für uns alle Himmelfahrt, denke ich mir und bin froh, als wir in unseren neuen Bereitstellungsraum, einen verlassenen Gipssteinbruch, gelangen. Ein Untersturmführer, welcher unser Kommandeur ist, weist uns ein. Wir sollen am Waldrand kurz vor der Ortschaft Dorste Stellung beziehen. Die örtliche Bevölkerung, alte Männer, Frauen und Jugendliche sind mit dem Bau einer »Panzersperre« beschäftigt. Sie schaufeln mit geringer Motivation und mit Hilfe von Spaten, Schaufeln, Hacken und Schippen einen kleinen Wall auf. Dazu einen kleinen Graben und eine Baumsperre. Ein örtlicher Parteibonze in seiner makellosen brauen Parteiuniform überwacht die Arbeiten. Daran beteiligen tut er sich jedoch nicht. Gegen Nachmittag ist das Werk getan und sie ziehen wieder ab. Ich schau mir das Gebilde ein wenig genauer an und schüttle nur mit dem Kopf. Wenn dort ein Kampfpanzer mit der Kanone reinhaut, fliegt das Ganze auseinander. Vielleicht braucht er nicht einmal Munition verschwenden und kann mit etwas Schwung einfach durchrollen.

Kaum bin ich weg, da kommt der Parteimann mit unserem Untersturmführer im Schlepp und übergibt ihm stolz die Panzersperre. Anscheinend ist der SS-Offizier auch wenig beeindruckt von der Sperre und kommuniziert dies wohl auch dem Parteimann. Dieser verabschiedet sich nach der Unterhaltung recht schnell mit einem kühlen Gruß.

An diesem Tag und in der Nacht bleibt alles ruhig. Kein Feind lässt sich blicken. Aber am nächsten Tag, es ist der 11. April 1945, geht es los. Die Straßensperre liegt unter starkem Infanteriefeuer. Beiderseits davon liegt unsere Truppe, gedeckt vom Wald, an dessen Rand in Stellung und zur Verteidigung bereit. Verständnislos blicke ich auf die Panzersperre, welche mit einem Hagel aus Infanteriewaffen beschossen wir. So viel Aufmerksamkeit hat diese zusammengeschusterte Sperre wahrlich nicht verdient. Aber auch an Infanteriemunition herrscht beim Feind kein Mangel, und Munition sparen ist für ihn anscheinend unbekannt.

Plötzlich geht in unseren Fichtenwald eine Nebelgranate nieder. Jeder von uns weiß, was das bedeutet. Es ist das Zeichen für die Artillerie, ihr Feuer auf diesen Standort zu konzentrieren. Anscheinend ist der feindlichen Infanterie die Situation doch zu heiß und sie gehen mal wieder auf Nummer sicher. Zwei Landser springen auf und versuchen, die Nebelgranate mit Erde, Steinen und Ästen zu bedecken, um den Nebel zu ersticken. Doch sobald sie aus ihren Stellungen rennen, werden sie von den feindlichen Soldaten unter Feuer genommen und wieder in Deckung gezwungen. Gegen einen direkten Angriff sind wir in unseren Stellungen gut geschützt, fürchten jedoch die Baumkrepierer.

Die Artillerie beginnt zu feuern und konzentriert vorhersehbarerweise ihr Wirkungsfeuer auf unsere Stellungen, da die Nebelgranaten diese sehr gut markieren. Noch haben wir keine Ausfälle durch Gefallene zu beklagen. Doch lange kann es hier nicht mehr dauern. Die Stellungen sind für uns unhaltbar. Es ist keine eigene Artillerie verfügbar, welche die feindlichen Geschütze niederkämpfen könnte. Da ertönt das Kommando: »Zurück, raus hier, bevor es zu spät ist!«

Wir rennen los. Ab in die Talsenke. Aus dem Augenwinkel sehe ich noch, wie die Artillerie nun auch die Panzersperre zerstört. Nur wenige Granaten haben dazu gereicht. In der Senke haben wir Deckung und ziehen uns Richtung Osterode zurück. Neben uns verläuft ein kleiner Fluss, doch niemand wagt es, seinen brennenden Durst zu löschen. Das Zischen, Donnern und Bersten der Granaten in den feuchten Boden sind eine sehr deutliche Warnung.

Wir kommen auf ein freies Wiesengelände. Hier fehlt uns jegliche Deckung. Wir hören ein deutliches Brummen am Himmel. Ich blicke nach oben und sehe ein Flugzeug. Es überfliegt uns, kommt zurück und kreist über uns. Das hat uns gerade noch gefehlt. Wir sprinten weiter und kommen zu einer Straßenkreuzung. Hinter einer kleinen Biegung steht ein mächtiger Kampfpanzer Tiger. Aus dem mächtigen Stahlleib steigt schwarzer Qualm. Seine Besatzung steht vor ihm. Wir halten kurz inne und blicken die Besatzung fragend an. Der Kommandant sieht wohl die Fragezeichen in unseren Gesichtern und meint trocken: »Munition verschossen und keinen Tropfen Sprit mehr.«

Er senkt den Kopf und zuckt mit den Schultern. Ohne den Blick auf uns zu richten, meint dann der Fahrer: »Ja, und damit unsere gute Berta nicht den verdammten Amis in die Hände fällt, mussten wir sie halt sprengen.«

Diese Selbstzerstörung wirkt auch auf uns sehr deprimierend. Durch Nachschubmangel haben wir an der Ostfront beinahe mehr Material verloren als durch den Feind.

Weiter geht die wilde Flucht. Wir kommen zum Gehöft »Feldbrunnen« und können erst einmal kurz durchatmen. Wir bitten einen Jugendlichen, der vielleicht 13 oder 14 Jahre ist, um etwas Wasser. Zu unserer Überraschung zeigt er auf den Brunnen und meint frech: »Da ist Wasser, holt es euch selbst.«

Da gehen einem Landser die Nerven durch. Er steht auf, lädt seine MP 40 durch und zielt auf den Burschen. Dieser schaut den Soldaten erschrocken an. Der Landser setzt dem Jungen eine kurze Garbe vielleicht 30 cm vor die Füße und wiederholt die Bitte nach Wasser. Nun bekommt der Bengel flinke Füße und bringt uns zwei große Krüge mit frischem Brunnenwasser. Als er sich zum Fortgehen umdreht, bekommt er von dem Landser noch einen kräftigen Tritt in den Hintern.

Nach dieser Erfrischung marschieren wir weiter. Am Waldrand kurz vor Osterode, am südlichen Straßenrand, sehen wir ein Bauerngehöft. Dort treffen wir auch andere Truppenteile. Genau wie wir suchen sie Schutz vor dem Artilleriebeobachter, welcher noch immer den Himmel durchzieht. Am anderen Straßenrand stehen ebenfalls einige Wirtschaftshäuser. Auf einer größeren Freifläche stehen zwei Selbstfahrlaffetten mit einem 2-cm-Vierling in Stellung. Bemannt sind sie mit recht jungen Soldaten der Luftwaffe. Plötzlich ertönt ein tiefes Brummen mit mehreren Echos in der Luft. Unsere Blicke wenden sich sofort zum Himmel und durch die Baumkronen sehen wir einen Schwarm Jagdbomber über uns hinwegdonnern. Schon denken wir, dass sie uns nicht gesehen haben, da beschreiben sie einen großen Bogen und kommen zu uns zurück. Sie rauschen in einem flachen Winkel heran und ich erkenne noch, wie sich feurige Lanzen von ihren Flächen lösen. In einem unbeschreiblichen Tempo kommen die Geschosse auf uns zu. Ein Kamerad neben mir schreit noch: »Volle Deckung, Raketen!« Und da schlagen sie auch schon ein. Die Flak-Selbstfahrlaffetten richten ihre Geschütze auf die Jagdbomber aus. In einem schnellen Stakkato beginnen die beiden Geschütze mit ihren insgesamt acht Rohren zu feuern. Das Hämmern der Vierlinge ist ohrenbetäubend.

Die Jagdbomber vom Typ P-38 Lightning jagen nun steil in den Himmel, verfolgt von den Feuerschnüren der Flak. Sie drehen eine halbe Rolle und jagen wieder auf den Feind zu. Sie haben anscheinend die Stellungen der Selbstfahrlafetten ausgemacht und der ganze Schwarm beharkt nun die beiden Geschütze. Beim Anflug wird einem der Gabelschwanzteufel die linke Tragfläche nahe der Motorgondel abgesägt. Der Jagdbomber dreht sich unkontrolliert um die eigene Achse und bohrt sich kurz darauf in das Waldstück. Der amerikanische Flugzeugführer hatte keine Gelegenheit auszusteigen.

Jedoch gibt es für uns keinen Grund zum Jubeln. Die Lightnings haben auch eine Flak ausgeschaltet. Die Bedienung liegt durchsiebt in ihrem eigenen Blut neben dem Geschütz. Der Richtschütze ist, tödlich getroffen, in seinem Sitz zusammengesackt. Beim Überflug unserer Stellungen wird noch eine Maschine von der zweiten Flak in die rechte Motorgondel getroffen. Sofort bildet sich eine schwarze Rauchfahne hinter dem Flugzeug. Es schert aus dem Verband aus und nimmt einen Kurz nach Westen. Ob und wo es runter geht, kann ich leider nicht beobachten. Doch die restlichen P-38 kommen zurück und feuern auf die letzte verbliebene Flak. Das Sd.Kfz 7 erhält mehrere Treffer, doch die Flak feuert weiter und erzielt ebenfalls mehrere Treffer. Schon denken wir, dass wir dieses Gefecht heil überstehen können, da donnert es aus Richtung West oder Südwest auf. Unmittelbar danach schlagen schwere Granaten bei uns ein. Anscheinend hat die Artillerie der Amerikaner das Schauspiel ihrer Kameraden der Lüfte genau verfolgt und schaltet sich nun ein. Oder aber die Flugzeugführer haben die Artillerie angefunkt, da ihnen zwei Verluste eventuell reichen.

Ununterbrochen hagelt es sich nun auf uns ein. Wieder gibt es zahlreiche Baumkrepierer. Unmittelbar neben mir erwischt es einen Kameraden. Er sackt schreiend zusammen. Ich beuge mich über ihn und erkenne, dass er einen schweren Treffer erhalten hat. Ein Splitter hat seine rechte Schulter zertrümmert. Inzwischen haben die Gabelschwanzteufel auch die letzte Flak zum Schweigen gebracht und können nun ungestört ihrem Vernichtungswerk nachgehen. Durch den

Artilleriebeschuss hat sich auch das Kronendach des Waldes gelichtet, sodass sie eine bessere Sicht auf uns haben. Es bleibt uns nichts anderes übrig, als zu verschwinden. Ich und ein zweiter Kamerad nehmen den Verwundeten, welcher ununterbrochen vor Schmerzen schreit, in unsere Mitte und wir laufen die Straße hinunter. Mit uns flüchten noch eine große Anzahl Soldaten. Dort, am Ende der Straße, entdecken wir einen Gewölbeeingang. Hier haben sich bereits einige Soldaten und Zivilisten in Sicherheit gebracht. Auch wir suchen uns eine freie Stelle und legen unseren verwundeten Kameraden möglichst bequem hin. Er hat aufgehört zu schreien, stöhnt nur noch leise vor sich hin. Ich öffne seine Uniformjacke und sehe nun die ganze Bescherung. Doch außer ein paar Verbandspäckchen haben wir nichts, um ihm zu helfen. Eine widerliche Situation, wollen wir doch dem verwundeten Kameraden helfen.

Das Artilleriefeuer hat anscheinend aufgehört. Auch von den Jabos ist nichts mehr zu hören. Zögernd verlassen die ersten Landser die Höhle. Keiner weiß, was draußen vor sich geht, vielleicht steht der Ami bereits vor dem Eingang und wartet nur darauf, dass wir rauskommen, um uns zu kassieren. Doch so schnell kommt der Ami nun auch nicht vorwärts. Ein anderer Landser berichtet uns, dass eine amerikanische Kampfgruppe, welche uns bei Marke umgehen wollte, angegriffen worden sei und einige Späh- und Schützenpanzer sowie mehrere Soldaten eingebüßt hätte. Dies habe den Vormarsch des Feindes erheblich verzögert und er sei mit seinem Vormarsch vorsichtiger geworden.

Ich mache mir meine eigenen Gedanken: *Wie soll das nun in der »Festung Harz« weitergehen? Jeder führt Krieg auf eigene Faust?*

Keine besonders verlockenden Aussichten.

Neben uns sitzt ein junger Luftwaffensoldat. Er bittet uns, sich uns anschließen zu dürfen. Seine Einheit wurde in einem Infanteriegefecht völlig aufgerieben. Er war der einzige Überlebende. Seine Einheit gehörte ursprünglich zu einer Bodenorganisationseinheit eines Fliegerhorsts und wurden ohne entsprechende Ausbildung hier in den Kampf geworfen.

Wir zögern, den Unterstand zu verlassen. Keineswegs aus Angst, aber wir stellen uns die Frage, was wir mit dem verwundeten Kameraden machen sollen? Einfach hier liegenlassen, können und wollen wir ihn nicht. Mitschleppen geht auch nicht. Da müssen wir uns doch tatsächlich von zwei älteren Zivilisten der Feigheit beschuldigen lassen. Es sind Teilnehmer des ersten Großen Krieges. Sie kritisieren uns dafür, dass wir noch hier warten. Werfen uns sogar vor, dass wir uns womöglich hier gefangen nehmen lassen wollen. Im Großen Krieg hätten sie sich auch nicht verkrochen und auf die Gefangennahme gewartet. Sie seien zum Sturmangriff angetreten.

Eine kalte Wut steigt in mir auf. Gewiss möchte ich mich nicht ergeben. Doch fühle ich mich für den Verwundeten verantwortlich. Bevor es zu einer ernsthaften Auseinandersetzung mit den beiden alten Kriegern kommen kann, meint eine ältere Frau, dass es in der Nähe von Petershütte in einem Gipsstollen einen Sanitätsunterstand gebe. Sofort springe ich auf und gehe mit festem Schritt zu den beiden Veteranen. Ich baue mich vor ihnen auf und schaue ihnen fest in die Augen.

»So, meine Herren, damit wir weiterkämpfen können, vertrauen wir Ihnen unseren verwundeten Kameraden an. Sie bringen ihn zum Verbandsplatz.«

Als einer der Männer aufbegehren will, unterbreche ich ihn barsch: »Ich will keine Widerworte hören. Dort drüben steht eine Schubkarre. Legen Sie ihn dort hinein. Wenn ich hören sollte, dass ihr ihn in Stich gelassen habt oder ihn nicht zu den Sanitätern gebracht habt, werde ich euch finden!«

Ich drehe mich um und gehe gemeinsam mit den beiden Kameraden von SS und Luftwaffe hinaus.

Die meisten Truppen sind bereits abgezogen. Nun machen auch wir uns auf die Spur. Ich will wieder Anschluss an die Waffen-SS-Einheit finden.

Das Schicksal führt uns nach Osterode. Aber auf dem Weg dorthin müssen wir wieder über eine größere Freifläche. Es ist ein merkwürdiges Gefühl. Der Feind wird uns im Nacken sitzen, in Osterode jedoch wird er hoffentlich noch nicht sein. Das hätten wir doch bemerkt. Aber Osterode liegt seelenruhig vor uns. Keinerlei Anzeichen von Kämpfen oder feindlichen Truppen. Vor uns sehen wir bereits die Sösebrücke.

Plötzlich donnert eine gewaltige Detonation. Wir werfen uns in den feuchten Dreck und müssen uns vor herumfliegenden Gesteinsbrocken und Erde schützen. Kurzzeitig vermute ich, dass doch Feindkräfte vor uns stehen und uns beschießen. Doch dann sehen wir den wahren Grund. Unmittelbar vor uns wurde die Brücke gesprengt. Ein Glück, dass wir nicht ein wenig schneller waren. Wir schauen uns um und erkennen das Ausmaß der Zerstörung. Die umliegenden Gebäude wurden arg in Mitleidenschaft gezogen. Durch die Explosion in unserer nächsten Nähe noch etwas wacklig auf den Beinen, halten wir Ausschau, wie wir nun über die Söse kommen. Glücklicherweise ist die Brücke trotz der mächtigen Detonation so zusammengefallen, dass es uns mit einigen Sprüngen und etwas Geschick gelingt, rüberzukommen.

Wir drei schleichen weiter durch Osterode. Kein Feind in Sicht, kein Schuss fällt. Auch von den Einwohnern ist niemand mehr auf der Straße. Der Kamerad von der Waffen-SS, welcher den Rang eines Rottenführers bekleidet, spricht aus, was wir alle denken: »Als ob der Frieden ausgebrochen wäre.«

Wir schleichen weiter durch die Stadt. Es ist ein merkwürdig bedrückendes Bild. Wir kommen an einer leerstehenden Lagerhalle vorbei, als uns plötzlich ein Hauptmann mit gezogener Pistole entgegenläuft. Er baut sich vor uns auf und es folgte das Übliche: »Wer und Wohin?«

Wir salutieren vorschriftsmäßig und berichten vom Gefecht bei Dorste, der Kompanie der Waffen-SS, welcher wir uns angeschlossen haben, und dem letzten Gefecht vor Osterode. Dem Hauptmann, der die Waffenfarbe der Nachschubtruppen trägt, beeindruckt unser Bericht recht wenig. Er meint irgendwas von Versprengten und dass er uns vereinnahmen wolle. Wir sollen uns in die Lagerhalle begeben, denn dort werden alle Truppen gesammelt, um Osterode zu verteidigen.

Wir gehen wie befohlen erstmal in die Halle. Dort sind schon etliche Truppen versammelt. Ich erkenne

Uniformen des Heeres, der Waffen-SS, der Luftwaffe, und sogar einen Uniformträger der Polizei sehe ich.

Ich wende mich zu meinen beiden Kameraden und meine leise: »Das ist also die Festung Harz? Ich hab keinerlei Verteidigungsmaßnahmen gesehen, gehört habe ich auch nichts. Wahrscheinlich gibt es gar keine. Dann noch diese ganzen zusammengewürfelten Haufen. Hier führt jeder Krieg auf eigene Faust und dann erst dieser Etappenhengst. Wer weiß, wann der das letzte Mal tatsächlich vor dem Feind stand. So, wie der mir vorkommt, hat er den Krieg gemütlich in der Heimat verbracht. Ich bin der Meinung, dass wir hier schnelle Beine machen sollten und uns auf Französisch verabschieden.« Meine Kameraden nicken zustimmend.

Jetzt müssen wir schnell handeln. Ich blicke mich nach dem Hauptmann um. Dieser steht wieder vor dem Haupteingang, um weitere Truppen zu kassieren. Wir verduften leise und flink durch eine kleine Hintertür. Niemand achtet auf uns drei.

Wir wagen viel, es ist für mich die vielleicht gefährlichste Situation im Krieg. Wenn uns der Hauptmann erwischt, dann kann er uns ohne viele Umstände wegen Fahnenflucht und Befehlsverweigerung an die Wand stellen oder an der nächsten Laterne aufhängen lassen. So etwas habe ich leider im letzten Jahr des Öfteren gesehen. Irgendwelche Landser, die an einem Baum oder eine Laterne aufgeknüpft wurden, ein Schild um den Hals hatten, auf dem markige Sprüche geschrieben standen wie »Ich bin ein Feigling« oder »So sterben alle Vaterlandsverräter«. Dann wurden diese armen Gestalten zur Warnung hängengelassen.

Wir sind keine 200 Meter gekommen, da schreitet eine Gestalt aus einer provisorischen Deckung auf uns zu. Es ist ein Unteroffizier und auch dieser fragt uns das obligatorische »Wer und Wohin«. Dienstrangmäßig müsste ich ihm keinerlei Auskünfte erteilen, doch geben wir ihm die gewünschten Informationen, und als Einheit gebe ich die Waffen-SS-Einheit an. Der fremde Unteroffizier ist etwas verwundert. Ob wir denn dem Herrn Hauptmann nicht begegnet seien, fragt er. Wir verneinen und meinen, dass wir keinem Hauptmann begegnet seien. Der Unteroffizier findet dies sehr komisch und meint: »Ich wurde von einem Hauptmann dort vorn an der alten Lagerhalle angehalten. Ich und meine Einheit sollten hier Stellung beziehen, da Osterode verteidigt werden soll.«

Nun wird es mir zu dumm. Ich meine betont militärisch: »Unteroffizier, davon weiß ich nichts. Es geht mich auch nichts an. Meine Befehle lauten anders und wir unterstehen der Waffen-SS und nicht der Wehrmacht! Sehr gern können sie sich bei unserem Kommandeur, einem SS-Obersturmführer, erkundigen!«

Nach dieser Ansage gehen wir einfach weiter und lassen einen verblüfften und verunsicherten Unteroffizier zurück. Nachdem wir um eine kleine Ecke gebogen sind, atmen wir erstmal tief durch. Wenn das schief gegangen wäre …

Wir verlassen Osterode in Richtung der Ortschaft Freiheit. Wir sind beinahe aus der Stadt hinaus, als wir an einem Berghang einige Ein- und Zweifamilienhäuser sehen. Da wir schon eine gefühlte Ewigkeit nichts mehr gegessen und getrunken haben, wollen wir schauen, ob wir nicht bei den Bewohnern etwas bekommen können. Wir nähern uns den Häusern. Aus einem Einfamilienhaus im Untergeschoss blickt ein alter Mann heraus. Er fragt uns, ob Osterode verteidigt werde, wo wohl der Feind stehe und wann den Schluss sei.

Wir versuchen die Leute zu beruhigen. Erläutern, dass es kaum nennenswerte Verteidigungsmaßnahmen in Osterode gebe, daher an eine wirksame Verteidigung nicht zu denken sei. Also werden die Kämpfe hier wohl nicht lange dauern. Hinter dem Alten stehen zwei Frauen. Wir fragen höfflich nach etwas zu trinken und eventuell etwas Brot zu essen. Wir bekommen einen großen Krug Wasser und einen guten Laib Brot gereicht. Wir lassen es uns voller Genuss schmecken. Zum Schluss bekommen wir noch eine halbe Flasche eines heimischen Kräuterschnapses. Wir teilen ihn auf und füllen die Feldflaschen auf. Als ich dem jungen Luftwaffensoldaten etwas in die Feldflasche gießen möchte, da sehe ich entsetzt, dass diese völlig durchlöchert ist. Genauso wie die Rückseite seiner Feldjacke und seiner Uniformhose. Er selbst hat jedoch nicht den kleinsten Kratzer abbekommen. Glück muss der Mensch haben.

Wir marschieren weiter und unterhalten uns ungezwungen. Dadurch werden wir anscheinend etwas zu unvorsichtig. Zu spät erkennen wir den Stander, auf dem das taktische Zeichen einer Panzerabteilung prangert, vor einem Gebäude. Da werden wir schon von einem Soldaten angerufen und herangewunken. Wir sollen uns beim Kommandeur melden.

Der Soldat begleitet uns in das Gebäude. Dort sitzt ein Major in schwarzer Panzeruniform in einem Sessel, hinter einem improvisierten Schreibtisch. Wieder kommen die üblichen Fragen, welche wir in letzter Zeit mehr als genug beantworten mussten. Wieder geben wir Auskunft und nennen auch wieder die SS-Einheit. Der gemütlich wirkende Major, welcher mit dem Panzerkampfabzeichen in Silber und dem Eisernen Kreuzen I. und II. Klasse ausgezeichnet ist, teilt uns mit, dass die von uns gesuchte Einheit morgen hier erwartet wird. Sein Stabsquartier dient momentan als Sammelstelle für alle möglichen Versprengten. Wir sollen uns eine ruhige Ecke suchen und warten. Der Kommandeur wird uns dann mit Sicherheit mitnehmen. Wir gehen wieder raus und ich überlege, dass eine französische Verabschiedung wie in Osterode hier nicht ratsam ist.

Nach und nach treffen immer mehr Truppen ein. Hauptsächlich sind es Wehrmachtseinheiten, aber auch ein paar Einheiten der Waffen-SS.

Wir suchen uns eine Stelle zum Schlafen, legen unsere Waffen und Ausrüstung ab, lassen uns den Kräuterschnaps schmecken und sind dann auch sehr schnell eingeschlafen.

Im Morgengrauen des 12. April 1945 herrscht Aufbruchsstimmung. Ich greife nach meinem Gewehr und - und finde es nicht mehr. Stattdessen liegt dort ein alter Karabiner 98k mit Zielvisiereinrichtung, also in Scharfschützenausführung. Da hat doch tatsächlich irgendein Lump mein gutes Gewehr gegen dieses Modell getauscht. Für meine Zwecke ist diese schwere Kanone vollkommen ungeeignet. Auf dem Gelände des Stabes ist nun ein einziges Kommen und Gehen. Niemand nimmt Notiz von uns. Wir versuchen ebenfalls möglichst unauffällig zu sein. Wir machen Waffen- und Uniformpflege und tun auch sonst auf geschäftig. Vor allem gehen wir Offizieren möglichst aus dem Weg.

Gegen Mittag erscheint ein hoher Offizier der Waffen-SS in einem VW Kübelwagen. An seinem Hals kann ich das Ritterkreuz mit Eichenlaub sehen. Das wird wohl der besagte Kommandeur sein. Er schaut sich den wilden Heerhaufen genau an, mustert den einen oder anderen Soldaten. Bei seinem Anblick kommt mir sofort das Wort des »Verheizens« in den Sinn. Sein kalter Blick streift auch uns. Er blickt prüfend und abwägend. Es läuft mir kalt den Rücken hinunter. Aber er scheint unschlüssig. Durch unsere Geschäftigkeit, dem Hin- und Herlaufen, der Waffenpflege und wohl auch durch die Spezialisierung anhand meines Scharfschützengewehrs für Angehörige des Stabes des Majors.

Nun bin ich mir sicher, dass dies der besagte Offizier ist, welcher uns nach Meinung des Majors mitnehmen wird. Der Major rechnete wohl damit, dass wir uns freudig bei dem SS-Offizier melden würden. Doch das habe ich keineswegs vor. Auch der junge Luftwaffensoldat macht keinerlei Anstalten, sich dem SS-Führer anzuschließen. Einzig der Rottenführer begibt sich, nachdem er sich von uns verabschiedete, zu diesem Offizier und reiht sich wieder bei seinen Kameraden ein. Diese Entscheidung kann ich natürlich nachvollziehen, denn auch ich möchte ja wieder zu meiner eigenen Truppe.

Nach kurzer Zeit begibt sich der Eichenlaubträger wieder in seinen Kübelwagen und die rekrutierten Soldaten besteigen ein Sd.Kfz 251 und einen LKW des Typs Opel Blitz.

Wir und einige andere Soldaten des Heeres und der Luftwaffe bleiben zurück. Doch viel Ruhe ist uns nicht vergönnt. Kurze Zeit später erscheint noch ein Schützenpanzerwagen. Nun heißt es auch für uns einsteigen. Ich bin von dieser Option alles andere als begeistert. Der Schützenpanzer ist für 10 Mann im hinteren Teil ausgelegt. Doch wir sind 16 Mann. Das ist mir eindeutig zu eng. Wenn wir unter Beschuss geraten sollten, wäre es nicht möglich, rechtzeitig rauszukommen. Ich bin lieber Herr meiner eigenen Lage.

Glücklicherweise hält auf einmal ein Kradmelder des Panzermajors neben mir und scheint meine Gedanken lesen zu können. Er grüßt locker und meint: »Na, suchen Sie eine Mitfahrgelegenheit?«

Ich grüße ebenso leicht zurück, schaue mir die Maschine an, auf der er sitzt, und nicke ihm zu. Er fährt eine altersschwache BMW R75 mit Beiwagen. Anscheinend hat die Maschine auch schon bessere Tage erlebt. Dennoch ist es besser als auf dem überladenen Metallsarg. Ich werfe meinen Rucksack in den Beiwagen und setze mich ebenfalls hinein. Mein junger Kamerad der Luftwaffe ist über meine Entscheidung nicht erfreut. Doch ich kann ihn beruhigen, denn wir haben ja wohl das gleiche Ziel: die nächste Schlacht.

Es geht weiter, doch nicht lange. Vor uns kommt es zu einer Stauung auf dem Vormarschweg. Eine Panzereinheit kreuzt unseren Weg. Sie haben Vormarschrecht. Ich bin überrascht, dass hier so viele gepanzerte Fahrzeuge sind. Ich erkenne Panzer IV und Sturmgeschütze des Typs III und IV. Den Divisionsabzeichen nach, handelt es sich um Panzer der

116. Panzerdivision. Ich frage den Kradmelder, ob es sich tatsächlich um diese Division handele. Er meint trocken: »Jawoll, das sind die Windhunde der 116. oder eher das, was von ihnen übrig ist. Der Großteil wurde im Ruhr-Kessel vernichtet.«

Da kommt unversehens ein älterer Gefreiter mit einem jungen Zivilisten im Schlepp an. Er übergibt den Zivilisten einem Leutnant und erklärt, er habe ihn ohne Papiere irgendwo aufgegriffen. Der Gefreite hält ihn für einen Deserteur. Aber ist er wirklich ein Fahnenflüchtiger? Der junge Mann beteuert, dass er ganz offiziell auf Sonderurlaub für Bombengeschädigte sei. Seine Papiere habe er in der neuen Unterkunft seiner Familie gelassen. Der Offizier hört sich die Geschichte des jungen Mannes an. Auch ich höre zu. Ob sie stimmt? Ich kann es nicht einschätzen. Der Leutnant schickt ihn fort, er soll seine Papiere holen und sofort wiederkommen. Ich glaube, wir denken alle dasselbe. Wir werden den Mann in Zivil wohl nicht mehr sehen und er hat Glück, dass er an einen vernünftigen Offizier geraten ist. Andere hätten kurzen Prozess gemacht und ihn am nächsten Baum wegen Fahnenflucht aufgeknüpft. Sowas geht heutzutage schnell. Wer ständig auf der Flucht ist, vom Feind gehetzt wird und sogar gute Kameraden zurücklassen muss, dem bedeutet das Leben eines Fahnenflüchtigen, ob nun echt oder nicht, nicht viel.

Schon denken wir, dass die Situation erledigt ist, da holt der übermotivierte Gefreite ein fabrikneues EK II aus der Tasche und meint zum Leutnant, dass er es nach seinem letzten Gefecht von einem General persönlich übergeben bekommen habe. Dieser habe es danach jedoch sehr eilig gehabt und hätte es ihm nicht anheften und bestätigen können. Daher bittet er nun den verdutzten Leutnant, es ihm offiziell zu bestätigen und an die Uniform zu heften. Aber der verdutzte Leutnant macht auch dies, nach einigem Zögern. Wir schauen uns das Schauspiel staunend an. Eine Ordensverleihung mitten in einem Verkehrsstau.

Na ja, April 1945. So etwas wäre früher undenkbar gewesen, denke ich mir und zucke mit den Schultern. Der frisch dekorierte Held wird wohl demnächst noch genug Gelegenheiten haben, seinen Heldenmut zu beweisen. Hoffentlich ist er gegenüber dem Feind genauso tapfer wie gegen unbewaffnete Zivilisten.

Es geht wieder weiter, die Straße ist endlich frei. Der Melder und ich schlängeln uns quer durch das Gebirge, immer den Gebirgsstraßen entlang. Schon bald haben wir die restliche Einheit hinter uns gelassen. Mit dem Beiwagenkrad sind wir auf den engen Straßen schneller als die LKW und Schützenpanzerwagen, welche hier im Gebirge schwer zu kämpfen haben. Der Meldefahrer hat wichtige Befehle für den Tross der Panzereinheit. Von daher brauchen wir nicht auf die übrigen Fahrzeuge zu warten. Wenn die Straßen zu steil sind, müssen wir die betagte Maschine das ein- oder andere Mal auch schieben, aber sie hält tapfer durch.

Gegen Abend erreichen wir den kleinen Tross, welcher an einer Straße bei der Sösetalsperre steht. Zu meiner Überraschung und auch Freude sehe ich sogar eine dampfende Feldküche.

Hier herrscht absolute Ruhe. Keine Fahrzeuge sind zu sehen. Es laufen nur ein paar Soldaten herum.

Wir suchen zunächst einen ruhigen Platz für uns. Wir finden ihn in einem verlassenen Lager des weiblichen Reichsarbeitsdienstes ganz in der Nähe des Trosses. Leider sind die ehemaligen Bewohnerinnen, welche hier zuletzt zum Flakeinsatz und damit zum Schutz der Sösetalsperre eingesetzt waren, nicht mehr da. Doch haben sie einige nützliche Dinge zurückgelassen. Neben anderen Sachen finden wir auch zwei große Emailleschüsseln. Wir machen ein Feuer und kochen sie aus.

Nachdem das erledigt ist, gehen wir mit unseren Schüsseln zur Feldküche. Der Melder hat mir die Namen der Panzerbesatzungen genannt, welche dem Stab angehören. Wir fordern den Küchenbullen auf, unsere Schüsseln voll zu machen. Es gibt Gulasch mit Nudeln. Ich kann ordentlich Fleischstücke sehen. Der Küchenbulle ist etwas misstrauisch, doch der Meldefahrer weiß, wie er mit ihm umgehen muss. Schon kurz darauf sind unsere Schüsseln gut gefüllt. Wir begeben uns zu unserem Platz und lassen es uns schmecken. Natürlich schaffen wir diese riesige Portion nicht. Ich fülle meinen Rest in ein gefundenes Essgeschirr und lass es in meinen Rucksack wandern. Man weiß ja nie, wann man wieder so etwas Gutes bekommt, und um es verderben zu lassen, ist es mir zu schade.

Von den Panzerbesatzungen erscheint niemand, obwohl sie hier fest erwartet worden sind. Auch die anderen Fahrzeuge des Stabes erreichen den Platz nicht. Ich sehe einen Oberleutnant aufgeregt umherlaufen und höre Bruchstücke, welche er zu einem anderen Soldaten sagt. Ich höre Dinge wie »Zwei Besatzungen hätten gemeldet, dass sie von anderen Kommandeuren vereinnahmt wurden«, »Jeder führt hier Krieg, wie er will.« Und dass der zweite Soldat irgendeinem Oberst melden solle, dass man so keinen Gegenangriff führen könne. Es solle endlich mal Ordnung geschaffen und hart durchgegriffen werden.

Wir verkrümeln uns in unsere stille Ecke und verbringen dort die Nacht.

Am frühen Morgen des 13. Aprils brechen wir wieder auf. Das monotone Knattern der BMW wirkt auf mich sehr einschläfernd und ich muss aufpassen, dass ich nicht einnicke.

Wir kommen an der oberen Dammsperre der Sösetalsperre vorbei und entdecken eine Gruppe, bestehend aus vier Soldaten. Wir unterhalten uns ein wenig und erfahren beinahe beiläufig, dass sie bei Annäherung des Feindes den Damm sprengen sollen.

Unfassbar, wir sind schockiert und halten den vier Männern vor Augen, dass sie dadurch eine Flutkatastrohe auslösen würden, die mindestens bis nach Osterode branden würde, und bitten sie, das zu unterlassen. Das Staubecken ist mehr als reichlich gefüllt. Die Verwüstungen wären unbeschreiblich.

Ein älterer Obergefreiter, welcher der Ranghöchste seiner Gruppe ist, pflichtet uns bei. Er versichert uns, dass er diesen sinnlosen Zerstörungsbefehl nicht ausführen werde. Er meint jedoch, dass sie trotzdem hier vor Ort bleiben müssten. Wenn sie verschwänden und es bemerkt werde, dann würden andere diesen Befehl ausführen, denn nicht alle hätten diese Bedenken.

Wir fahren mit dem Beiwagenkrad weiter Richtung Riefensbeek- Kamschlacken und erreichen am Ortseingang die anderen Fahrzeuge des Stabes. Wer weiß, wo diese langgefahren sind. Denn am Sammelpunkt des Trosses waren sie ja nicht. Die Kolonne hält und eine große Gruppe von Landsern steht um ein Fahrzeug herum. Dort befindet sich ein großer Wehrmachtsempfänger, und sie lauschen aufmerksam einer Übertragung. Wir gesellen uns zu ihnen und werden von einer schier unglaublichen Nachricht vollkommen überrascht. Der Nachrichtensprecher berichtet doch soeben, dass der amerikanische Präsident Roosevelt tot sei! Wir können es nicht fassen. Freude steigt in den Männern auf. Das ist das Wunder, auf das wir alle gewartet haben, die Kriegswende. Nun wird der Krieg doch wohl aus sein.

Ein Feldwebel spekuliert sogar, dass, wenn die Amerikaner ausscheiden, aber die Briten und Franzosen weiterkämpfen würden, wir es trotzdem schaffen würden. Das gesamte Rüstungspotential der Amerikaner würde wegbrechen und die Franzmänner und die Tommys würden entweder zurückgeworfen werden oder müssten ebenfalls Frieden schließen. Wenn wir dann alles an die Ostfront werfen würden, könnten wir sie sicher halten, meint er. Schließlich hätten wir es auch in der Vergangenheit geschafft, starke Offensivstöße vom Zaun zu brechen. Er erinnert an die Ardennenoffensive zum Jahreswechsel, die Offensive im Elsass oder an der Ostfront die Offensive am Plattensee. Die Wehrmacht sei immer wieder für Überraschungen gut. Wer weiß schon, was die Führung noch in der Hinterhand habe.

Ich bin mir bei diesen Sachen jedoch nicht so sicher. Diese ganzen Offensiven haben auch gewaltige Verluste an Menschen und Material eingebracht, welche jetzt vielleicht fehlen, und wir daher einfach nicht mehr die Kraft haben, offensiv zu werden. Schließlich ging hier im Westen erst die Heeresgruppe B von Generalfeldmarschall Model verloren und nun sitzen wir wohl auch bald in einem Kessel.

Jedoch kann ich es auch nicht verhindern, dass auch in mir Freude und Hoffnung aufsteigt. Denn haben wir nicht in der Vergangenheit schon unglaubliche technische Errungenschaften an die Front gebracht? Mir gehen da nur die Höllenhunde V1 und die V2 durch den Kopf. Auch die Turbos der Luftwaffe, von denen ich von einem Luftwaffenangehörigen einmal erfahren habe, sollen wahre Wunderdinger sein. Warum diese jedoch nicht bereits in Massen gegen die feindlichen Bomberflotten eingesetzt werden, kann ich mir nicht erklären. Wir diskutieren alle aufgeregt miteinander über diese Neuigkeiten, jeder weiß noch etwas draufzusetzen. Natürlich machen auch die tollsten Latrinenparolen die Runde. Manch einer meint sogar, dass er aus sicherer Quelle von Verhandlungen über einen Separatfrieden im Westen wisse.

Auf einmal fährt ein Einheits-PKW an uns heran und hält auf unserer Höhe. Ein Obergefreiter aus dem Gefolge des Stabes unseres Majors fragt mich, warum ich in einem Meldekrad sitze. Ich erläutere ihm, dass sein Major uns ja angehalten hätte, und ich nun eben zu dieser Truppe gehöre. Strenggenommen habe ich mich also nur an Befehle gehalten. Der Obergefreite meint dann grinsend zu mir, dass die altersschwache Maschine dies doch auf Dauer nicht aushalten würde und ich in den Einheits-PKW wechseln solle. Das lasse ich mir natürlich nicht zweimal sagen. Wieder verbessert sich meine Beförderungsmöglichkeit. Zwar ist es in dem PKW recht eng. Denn nun müssen dort ja drei Personen und jede Menge Akten und Dokumente untergebracht werden, aber es ist immer noch bequemer als auf Dauer der Beiwagen. Schnell schnappe ich meinen Rucksack und versuche es mir im Einheitswagen so gemütlich wie möglich zu machen.

Kaum habe ich Platz genommen, da geht es auch schon weiter. Unsere Kolonne bewegt sich auf Dammhaus zu. Wieder blicke ich regelmäßig zum Himmel, um nach Jagdbombern Ausschau zu halten. Schließlich ist ein großer PKW nicht so schnell und manövrierfähig wie ein Beiwagenkrad. Also brauchen wir genügend Vorlaufzeit. Glücklicherweise kann ich jedoch keine amerikanischen Flieger entdecken.

Unangefochten passieren wir Dammhaus. Es geht weiter in Richtung Braunlage. Bei Stieglitz hält der Schützenpanzer mit den Kameraden und sie steigen alle aus. Sie nehmen ihr Gepäck und machen sich zum Einsatz bereit. Sie verschwinden im Unterholz. Der Gedanke kommt mir, dass dort doch auch der junge Luftwaffensoldat sein müsste. Ich kann ihn jedoch nicht sehen. Wie mag ihm wohl zumute sein? Er befindet sich nun genau in der Situation, in die ich nie geraten wollte. Allein in einem zusammengewürfelten Haufen ohne Gemeinschaftsgefühl, befehligt von Offizieren, die man nicht kennt. Erschwerend kommt bei ihm noch hinzu, dass er keine großen Fronterfahrungen hat.

Der Fahrer und auch die anderen Fahrzeuge des Stabes vom Panzermajor haben es sehr eilig weiterzukommen. Plötzlich und unerwartet, kurz vor Königskrug, entdecken uns dann doch noch amerikanische Jagdbomber. Sie stoßen aus einer Wolkenlücke heraus auf die Fahrzeugkolonne hernieder. Eine Drillingsflak auf Selbstfahrlaffette, die in unserer Nähe steht, eröffnet das Feuer auf die Angreifer. Schon beim ersten Anflug wird ein feindlicher Jagdbomber vom Typ P-47 Thunderbolt getroffen. Er explodiert in einer schmutzig schwarzen Qualmwolke. Durch den Splitterregen wird eine zweite Maschine beschädigt. Sie zeigt eine graue Rauchwolke auf der Unterseite der mächtigen Motorpartie und schert aus dem Verband aus. Die restlichen Maschinen feuern jedoch aus allen Kanonen ,und das sind bei den Thunderbolt nicht wenige. Ein LKW wird getroffen und durchsiebt. Mehrere Landser werden getroffen, der LKW beginnt zu brennen. Beim Abdrehen nach dem Angriff erwischt die Flak einen weiteren Jagdbomber. Seine rechte Tragfläche wird durchsiebt und demontiert sich kurz darauf. Der Flugzeugführer verliert die Kontrolle über die Maschine und sie schmiert ab. Wir hören eine Explosion und können in der Nähe einen Aufschlagbrand sehen. Mit so viel Gegenwehr haben die Herren der Lüfte wohl nicht gerechnet. Verfolgt von den Feuerschnüren der Drillingsflak gehen die Jabos erstmal auf Distanz.

Traurigerweise ist die leichte Flak auf Selbstfahrlafette der einzige Gegner, welcher den Jagdbombern gefährlich werden kann. Nun sind die verfluchten Jabos außer

Reichweiter der leichten Flak, schwere Geschütze sind hier jedoch Mangelware und die eigene Luftwaffe habe ich schon ewig nicht mehr zu Gesicht bekommen und hier im Harz schon gar nicht mehr.

Kurz vor Braunlage ist wieder Halt. Da sieht mich der Panzermajor auf einem seiner Stabsfahrzeug sitzen und schaut mich verwundert an.

»Was machen Sie den da auf meinem Fahrzeug? Wie kommen Sie hierher und warum haben sie sich nicht beim Kommandeur der Waffen-SS gemeldet?«, sind seine Fragen. Gehorsams erkläre ich ihm, er hätte ja nur gesagt, dass der Offizier der Waffen-SS uns mitnehmen würde. Das jedoch habe dieser nicht getan. Das wir uns bei ihm melden sollen, sei uns nicht befohlen worden. Der Panzermajor ist sprachlos. Er erkennt jedoch sehr schnell, dass er tatsächlich keinen Befehl gegeben hat, der besagt, wir sollen uns melden. Nun fragt er mich, wo ich denn überhaupt hinwolle. Ich erkläre ihm, dass ich zurück zu meiner Einheit an der Ostfront wolle und zeige ihm meine Papiere. Offiziell sei ich ja sogar noch im Urlaub und müsste gar nicht bei einer anderen Kampfeinheit sein. Ungläubig schaut er mich an, findet seine Fassung jedoch recht schnell wieder und beginnt zu lachen: »Na, Sie machen mir ja ein Spaß. Im Moment weiß keiner, wo genau die Front hier im Harz verläuft. Das Kampfgeschehen ist vollkommen unübersichtlich. Mit einiger Wahrscheinlichkeit sind wir wohl schon in Nord und Süd umgangen und im schlimmsten Fall sogar schon eingekesselt. Darüber hinaus weiß hier niemand genau, wo entlang die Ostfront gerad verläuft. Nach meinen letzten Meldungen steht der Russe noch immer an der

Oder, aber wie lange noch, weiß keiner. Weiter südlich stehen die Russen in und bei Wien. Wie wollen Sie überhaupt dorthin kommen?«

Weiter teilt der Major mir mit, dass ich nicht weiter mitfahren könne, und befiehlt mir, mich bei der Kommandantur in Braunlage zu melden. Ich mache eine zackige Ehrenbezeichnung, nehme mein Gepäck und meine Waffe und marschiere zu Fuß Richtung Braunlage. Die Stabskolonne samt Major fährt weiter. Schnell sind sie meinem Blick entschwunden.

Nach kurzem Marsch überlege ich mir, was ich denn eigentlich in Braunlage soll. Kurzentschlossen mache ich kehrt und marschiere zurück in Richtung Front. Unterwegs begegne ich so manchem anderen Landser. Wir tauschen einige Informationen aus. Einige der versprengten Kameraden sind der Meinung, dass der Harz nun tatsächlich bereits von Feindkräften umschlossen ist. Na, das sind ja tolle Aussichten. Ich muss also erst die deutsche Frontlinie durchbrechen und dann auch noch die amerikanische. Wo aber wird dies am sichersten gehen? Keinesfalls möchte ich in Gefangenschaft geraten. Aber es muss einfach noch einige undichte Stellen in den Fronten geben. Man müsste jetzt noch durch die Kampflinie kommen. Sie kann unmöglich bereits dicht sein. Falls man überhaupt noch von einer Kampflinie sprechen kann. Ich bezweifle, dass die deutschen Kräfte noch in der Lage sind, durchgängige Fronten um den kompletten Harz herum zu bilden.

Nach ein paar Kilometern überholt mich ein bespannter Wagen. Er wird von zwei müden Pferden gezogen. Ich halte den Wagen an und frage, ob die beiden Landser, welche darauf sitzen, mich ein wenig mitnehmen können. Sie stimmen zu und ich setze mich hinten auf den Wagen. Wir kommen an einem umgestürzten PKW vorbei. Vermutlich auch ein Opfer der verfluchten Jabos. Das Fahrzeug weist mehrere Einschusslöcher von schweren Maschinengewehren auf. Der Kutschenführer, ein gemütlicher Norddeutscher, stellt in breitester Mundart fest: »Ah, so sieht also ein Auto von unten aus. Das wollte ich schon immer mal sehen.«

Galgenhumor, denke ich mir, sage aber nichts dazu. Jeder hat halt eine andere Art, mit der angespannten Lage, in der wir uns befinden, fertig zu werden. Lieber halte ich Ausschau nach eben jenen verfluchten Jagdbombern, denn schließlich können sie ja jederzeit wieder auftauchen und dann geht der ganze Zauber von vorne los. Auf jedem Fall habe ich nicht das Bedürfnis, ihr nächstes Opfer zu werden.

Nach einigen Stunden kommen wir wieder an der Waldlichtung bei Stieglitzecke vorbei, wo die Mannschaft des Sd.Kfz 251 ausstieg. Von ihnen ist nichts mehr zu sehen. Auch nicht von dem jungen Kameraden der Luftwaffe. Wie mag es ihm wohl ergangen sein? Ob er überhaupt noch lebt? Ich konnte in den letzten Stunden jedenfalls keinerlei größeren Gefechtslärm vernehmen.

Der Kutscher will eine Richtung einschlagen, die mir nicht behagt. Ich verabschiede mich und springe vom Wagen. Kaum haben wir uns getrennt und ich bin von der Kreuzung weg, da ertönt ein gewaltiger Feuerschlag. Die feindliche Artillerie legt anscheinend Störfeuer auf wichtige Verkehrsknoten in der Gegend und die Kreuzung ist nun ihr Ziel. Eine Unzahl mittlerer und schwerer Artilleriegranaten schlägt auf der Kreuzung und dem näheren Umfeld ein. Wieder einmal Glück gehabt. Ein paar Minuten langsamer und es hätte mich erwischt.

Auf meinem Marsch schließen sich mir noch einige andere Soldaten an. Es sind alles Versprengte, die auf der Suche nach ihren Einheiten sind und keine Lust verspüren, sich vom allgegenwärtigen Heldenklau kassieren zu lassen oder dem Ami in die Hände zu fallen. Wir entdecken gegen Abend eine kleine Waldhütte, umgeben von Fichten. Ein unglaublich friedlicher Anblick in dieser Zeit. Sie sieht beinahe malerisch aus, diese Hütte, gelegen an der Söse.

Wir beschließen hier zu übernachten. Jeder von uns sucht sich eine eigene Ecke und schnell ist die Hütte von einem vielkehligen Schnarchen erfüllt.

Der 14. April zieht auf, wir marschieren frühzeitig weiter. Das Forsthaus Schluft kommt in Sicht. Wir pirschen uns vorsichtig heran. Es ist für uns kein Problem, uns beinahe lautlos an Gebäude heranzuschleichen, es scheinen alles erfahrene Landser bei mir zu sein. Als wir fast da sind, kommt eine junge Frau aus der Hütte. Sofort fällt die Anspannung von uns ab. Wir nähern uns nun ganz offen. Die Frau meint zu uns, wir sollen lieber ganz schnell wieder abhauen. In Kürze sei der Ami hier. Sie versteckt sich mit einigen anderen in einem nahegelegenen Bergwerksstollen, um in Sicherheit zu sein und dem Ami nicht zu begegnen.

Nun ist guter Rat teuer. Keiner der Kameraden will in Gefangenschaft geraten. Jeder hat andere Pläne. Einige, deren Einheiten teilweise auch außerhalb des Kessels sind und vom Vormarsch der Amerikaner auseinandergerissen wurden, wollen nun aus der Umklammerung raus, andere zu ihren Einheiten, die im Kessel sind, zurück. Die Gruppe teilt sich auf. Die Kameraden, deren Einheiten im Harzer Kessel liegen, versuchen nun wieder zu diesen aufzuschließen.

Für die zweite Gruppe, zu der auch ich mich zähle, da meine Stammeinheit ja an der Ostfront steht, wird es nun haarig. Sollen wir also den Durchbruch versuchen? Vielleicht ist es in der Dämmerung möglich? Oder lieber warten, sich irgendwo verstecken, hoffen, dass wir vom Ami nicht entdeckt werden, und darauf bauen, dass die Front schon irgendwann über uns drüber wegrollt? Wir beschließen, die Dämmerung abzuwarten und es dann zu wagen. Bis dahin wollen wir uns einen sicheren Unterschlupf suchen.

Am späten Nachmittag hören wir leichten Gefechtslärm aus Richtung des Höhenzuges »Auf dem Acker«. Wir schlagen uns ins Unterholz und entdecken, mehr durch Zufall, eine alte Hütte, welche völlig mit Fichtenzweigen und Moos bedeckt ist. Eine perfekte Tarnung! Anscheinend war in der Hütte schon ewig niemand mehr und die Witterung und Vegetation hat für diese beeindruckende Tarnung gesorgt.

Zwei Wehrmachtshelferinnen erscheinen im Eingang und winken uns unbekümmert zu. Auch einige Soldaten zeigen sich nun dahinter. Wollen die hier etwa das Ende oder die Gefangenschaft abwarten? Zwei meiner Kameraden erscheint diese Vorstellung plötzlich gar nicht mehr so ungelegen zu kommen. Anscheinend wirkt die Aussicht auf etwas weibliche Gesellschaft wahre

Wunder. Sie werfen ihre Waffe achtlos weg und begeben sich nun ebenfalls in die Hütte. Unfassbar, ich schüttle ob dieser Handlung nur ungläubig mit dem Kopf.

Zusammen mit einigen Kameraden umgehe ich die Hütte und so auch den Gefechtslärm weiträumig. Schließlich haben die beiden Kameraden, welche sich nun den Hüttenbewohnern angeschlossen haben, Kenntnis von unserem Plan. Wenn sie von den Amis kassiert werden, ist es gut möglich, dass sie unsere Absicht ausplaudern. Ob nun absichtlich oder nicht, spielt in dem Fall keine Rolle. Mein Entschluss steht jedenfalls fest. Ich will mich durch die Linien schlagen und der Gefangenschaft entgehen, raus aus dem Harzer Hexenkessel! Marschrichtung für mich ist vorerst Osten. Schließlich wartet dort meine Einheit.

Mein kleiner Marschkompass ist sicher in meinem Hosenbund versteckt. Dort ist er vor Entdeckungen sicher, wenn mich der Ami doch erwischen sollte. Denn auch in der Gefangenschaft lebt doch noch der Fluchtgedanke. Ohne Risiko auch keine Freiheit. Also geht es weiter. Gewehr umgehängt, Rucksack auf den Rücken und los. Meine beiden Kameraden ziehen eine Marschrichtung West vor. Das kann ich natürlich verstehen, der eine kommt aus der Gegend um Dortmund und der andere aus Aachen. Sollten sie es nicht schaffen, Anschluss an die eigene Stammeinheit zu finden, so haben sie aber doch schon einen guten Weg Richtung Heimat zurückgelegt und erreichen dann vielleicht wenigsten diese. Keiner von uns weiß schließlich, wo genau die nächsten eigenen Truppen überhaupt stehen, wo die deutsche Front außerhalb des

Kessels verläuft. Schaffen sie es nicht zu den deutschen Verbänden, so ist für sie der Kampf aus, ihre Heimatstädte sind sowieso schon lange vom Feind besetzt, bereits befriedetes Hinterland und wohl leichter zu erreichen als die nächste deutsche Kampfeinheit unmittelbar an der Front.

Für mich ist es noch nicht so weit. Noch lebt der Wille zum Kampf. Meine Einheit steht im Osten vor dem Feind. Was ich dort sehen musste, hält den Wehrwillen wach. So unmenschlich kann der Amerikaner überhaupt nicht agieren, wie der Russe im deutschen Osten gewütet hat.

Der unregelmäßige Gefechtslärm flaut ab und ist dadurch nicht zu lokalisieren. Dies ist natürlich eine heikle Situation, denn nun kann ich nicht einschätzen, wo die Front verläuft.

Gerade will ich mich durch ein Gebüsch schlagen, da springt ein deutscher Leutnant mit gezogener Pistole aus dem nächsten Busch. Ohne dass ich überhaupt reagieren kann, zerrt er mich in das Gebüsch, aus dem er gerade sprang, und herrscht mich mit verhaltener Stimme an: »Sind Sie verrückt geworden, hier so einfach durch die Gegend zu spazieren? Keine 50 Meter vor uns ist ein amerikanischer Spähtrupp! Wohin wollen Sie überhaupt?«

Ich blicke in die angegebene Richtung und nun erkenne auch ich die Feinde. Sie marschieren schön im Gänsemarsch. Vorweg geht der kleinste und zum Schluss der größte von ihnen. Eine merkwürdige Gefechtsordnung.

Im selben Augenblick ertönt neben mir ein ohrenbetäubender Knall. Vor Schreck zucke ich fürchterlich zusammen. Mein Stahlhelm verrutscht auf meinen Kopf. Da habe ich doch tatsächlich den Panzer neben mir nicht bemerkt. Er ist mit Hilfe von Fichtenzweigen fast perfekt getarnt und hat gerade einen Einzelschuss mit einer Sprenggranate auf den Spähtrupp abgegeben. Einige versteckte Soldaten geben Feuerstöße in die Einschlagwolke hinein. Binnen weniger Augenblicke wurde das Leben von acht amerikanischen Soldaten ausgelöscht.

Ein Gefreiter taucht neben dem Leutnant auf und meint zu diesem: »Schnell weg, Herr Leutnant, gleich geht der Budenzauber wieder los!« Nun haben es die Soldaten der fremden Einheit eilig. Auch der Kampfpanzer rückt wieder ab. Ich folge den fremden Landsern ebenso schnell, sicher ist sicher. Sie werden schon ihren Grund für den hastigen Aufbruch haben.

Kurz darauf weiß ich dann auch, was die Einheit so zur Eile getrieben hat. Ein unglaublich intensiver Artillerieschlag deckt den Standort ein. Genau dort, wo wir gerade noch lagen, bleibt kein Stein auf dem anderen. Wir haben uns keinen Augenblick zu früh abgesetzt.

Nicht weit von dieser Position erreichen wir die Stellung der Waffen-SS-Einheit, welcher ich mich zuerst angeschlossen habe. Der Obersturmführer erkennt mich sofort wieder und freut sich ehrlich, mich munter zu sehen. Er will mich gleich zu seinen Kameraden bringen, die mich ja auch bereits kennen. Meiner Bitte, mich vorher mit Proviant zu versorgen, kommt er sofort nach. Denn mein Essen ist schon längst verbraucht.

Bald wird es Nacht und wir liegen im Fichtendickicht in Stellung. Mein Nachtlager ist der kalte und feuchte

Waldboden. Der Bergrücken, an dem wir liegen, heißt angeblich »Auf dem Acker«, das meint jedenfalls ein Kamerad, welcher aus dieser Gegend kommt.

Trotz meiner Erschöpfung ist immer nur ein kurzer Schlaf möglich, denn die Nacht ist empfindlich kalt. Dennoch bleibt in der Truppe ein Rest von Humor übrig, auch wenn es nur Galgenhumor ist. Denn ich höre aus dem Fichtendickicht einen ebenfalls schlaflosen Kampfgefährten mit gedämpfter Stimme sagen: »Und immer wieder fällt es mir ein, es ist so schön, Soldat zu sein.« Rings herum aus den Büschen dringt verhaltenes Kichern. Also sind es mehrere Kameraden, die keinen Schlaf finden können. Doch sofort kommt eine ermahnende Stimme, die zur Ruhe auffordert, denn der Feind hört mit. Doch auch dieser friert sich an diesen kalten Apriltagen den Arsch ab und denkt bestimmt an die ferne Heimat.

Als der Morgen des 15. April 1945 graut, erheben wir uns mit steifen, kaltgefrorenen Knochen. Soll es hier tatsächlich noch einmal zu einem richtigen Stellungskampf kommen? Wir hätten noch Zeit, unsere Positionen richtig vorzubereiten - die Amerikaner greifen niemals so früh an. Sie wollen nichts riskieren. Das haben sie auch nicht nötig. Ihre Spähtrupps werden unsere Stellungen bestimmt schon ausgespäht haben. Was dann folgt, kann ich mir denken. Sie werden ihren Angriff mit einem massiven Artilleriefeuerschlag vorbereiten. Und wieder wird unsere Lage unhaltbar sein, nicht zuletzt wegen der Baumkrepierer. Also ist der Befehl des Obersturmführers nur logisch: Wir sollen die Stellung verlassen.

Es geht vorbei an Oderteich. Auf unserem Weg begegnen wir immer wieder versprengte Truppenteile von Wehrmacht und Waffen-SS, sogar einige Volkssturmleute in bunt zusammengewürfelten Uniformen aus allen Wehrmachtsteilen oder sogar gänzlich in Zivil, nur mit einer Armbinde mit der Aufschrift »Deutscher Volkssturm« versehen. Zusammen mit den restlichen Einheiten ziehen wir uns auf Braunlage zurück. Wir marschieren auf der Harzhochstraße, circa einen Kilometer südöstlich des Oderteichs kommen wir an einer Stelle vorbei, an der vor Kurzem die feindliche Artillerie massiv gewirkt haben muss. Wir erkennen mehrere zerstörte Fahrzeuge und herumliegendes Ausrüstungsmaterial. Auch mehrere Gefallene liegen hier noch. Immerhin wurden sie bereits zusammengelegt und bedeckt.

Beim Vorbeimarsch sehe ich etwas im Graben liegen, was meine Aufmerksamkeit erregt. Ich eile zu der Stelle und finde eine neue Waffe. Dort liegt doch tatsächlich ein Sturmgewehr 44. Ich nehme es auf und stelle erfreut fest, dass das Magazin noch voll ist. Wenige Meter daneben finde ich noch eine Magazintasche mit zwei weiteren Magazinen. Ich werfe meinen alten Karabiner auf einen LKW und hänge mir das Sturmgewehr um. Jetzt fühle ich mich schon etwas besser. Endlich wieder eine anständige Waffe und nicht mehr dieser alte Schießprügel!

Beim Anblick des Schlachtfeldes wird uns schmerzlich bewusst, dass der Kampf noch nicht zu Ende ist. Wenn die Artillerie oder die feindlichen Jagdbomber uns jetzt entdecken, wird unsere Kolonne auch so aussehen und so mancher Kamerad wird ebenfalls bewegungslos auf der kalten, nassen Erde liegen.

Kurz vor Königskrug, in Deckung eines alten Granitsteinbruchs, steht unsere Feldküche. Dort machen wir erst einmal Halt und werden verpflegt. Die friedliche Situation dauert jedoch nicht lange. Wir sollen oberhalb der Straße in Stellung gehen. Es ist eine Linie Achtermannshöhe-Wurmberg-Winterberg befohlen.

Den ganzen Vormittag über bleibt es wie erwartet ruhig. Am Nachmittag kommt es dann wie üblich zu vermehrter Gefechtstätigkeit. Die Amis rücken heran. Wir werden von mehreren Granatwerfern unter Feuer genommen. Wieder gibt es zahlreiche Baumkrepierer durch die hohen Fichten. Unsere Deckungslöcher, obwohl tief gegraben, bieten kaum Schutz gegen die Splitter und Äste von oben. Nach jeder verdammten Granate erklingt ein langanhaltendes Knacken und Brechen. Es stürzen beindicke Äste und ganze Baumkronen herab und erschlagen so manchen Landser in seinem Deckungsloch.

Neben mir keucht ein schwer verwundeter Unterscharführer vorbei. Es dringt ihm bei jedem Atemzug hellrotes Blut aus einer Wunde und sickert durch seine braune Flecktarnjacke. Unmittelbar in meiner Nähe sackt er zusammen. Ich springe zu ihm und zerre ihn in mein Deckungsloch. Sofort reiße ich seine Feldbluse auf und wickle mein letztes Verbandspäckchen um seine Wunde.

Plötzlich springt ein Sanitätsunteroffizier in mein Deckungsloch hinein. Damit wird es recht eng, für drei Mann ist es nicht ausgelegt. Aber in dieser Notsituation ist es nun einmal so. Er schaut sich die Wunde an und meint: »Er muss sofort hinter zum Verbandsplatz. Hier kann ich nichts für ihn tun.«.

Immer noch detonieren die Granaten der amerikanischen Werfer um uns herum. Dennoch zögere ich keine Sekunde. Wir beide packen den Kameraden und schleppen ihn nach hinten. Dort wartet ein LKW. Wir legen den keuchenden Scharführer auf die Ladefläche und er fährt ab. Meine Gedanken begleiten den Kameraden.

Mindestens 18 Granatwerfer haben sich auf unsere Stellungen eingeschossen. Durch ihre schnelle Schussfolge können sie innerhalb kürzester Zeit einen ungeheuren Granathagel auf uns herabregnen lassen. Es klingt beinahe wie Glockengeläut, wenn die Granaten auf den Granit einschlagen. Die Splitter des Gesteins sind ebenso tödlich wie die Splitter der Granaten. Diese Erfahrung muss so mancher Soldat machen, welcher nicht durch Metall-, sondern von Gesteinsfragmente verwundet wird.

Wieder in meinem Deckungsloch angekommen, meine ich, die Stellungen der Granatwerfergruppe ausgemacht zu haben. Sie müssten sich oberhalb von Sankt Andreasberg, etwa bei Jordanshöhe, befinden. Wenn ich Recht habe, können sie unsere Stellungen teilweise einsehen. Das würde erklären, warum ihr Feuer so deckend liegt. Wenn man nur eigene Artillerie zur Verfügung hätte, dann wäre der Spuck schnell vorbei. Immer mehr Soldaten werden durch die Splitter verwundet oder getötet. Endlich kommt der Befehl zum Absetzen. Wir müssen tiefer in den Wald. Dort stehen zwar noch mehr Bäume und dadurch müssen wir noch mehr Baumkrepierer fürchten, aber dort gibt es auch Klippen, Felsen, Felsvorsprünge und Bodenvertiefungen zur Deckung.

Die US-Artillerie streut nun das Gelände ab. Der Feind hat sehr wohl mitbekommen, dass wir unsere Stellungen geräumt haben, aber anscheinend haben sie unsere Spur verloren. Neben den Artillerieeinschlägen hören wir auch das tiefe Brummen von Panzerfahrzeugen. Auch diese feuern ohne Unterlass mit Sprenggranaten in den Wald, trauen sich aber nicht tiefer hinein, da das Gelände für sie zu unübersichtlich ist.

Da kommen einige Ami-Infanteristen in lockerer Formation auf unsere Stellungen zu. Sie geben sich gegenseitig Deckung und verschwinden ab und an hinter einem Gebüsch oder einen Felsen. Doch sie wissen nicht, dass sie schon längst in unserem Visier sind. Dass der Tod in Form von deutschen Infanteriegeschossen bereits auf sie wartet. Wir lassen sie noch ein wenig näherkommen und eröffnen dann das Feuer aus dem Hinterhalt. Die Amerikaner sind völlig überrascht und haben auf dieser kurzen Distanz keine Chance, auch nur in Deckung zu gehen. Noch ehe sie überhaupt wissen, von wo sie beschossen werden, sind sie erledigt. Wir jedoch verschwinden noch weiter in den Wald hinein.

Leider haben wir wieder die Verbindung zum Hauptteil der Einheit verloren. Wir sind nur noch fünf Mann. So können wir den amerikanischen Truppen, welche nun wohl unweigerlich nachstoßen werden, keinen effektiven Widerstand leisten. Wir ziehen uns noch ein Stück weiter in den Wald zurück und suchen uns im Unterholz eine Möglichkeit zum Übernachten. Wir finden sie im

Fichtendickicht. Jeder legt sich möglichst bequem auf eine mehr oder weniger gemütliche Stelle. Wachposten werden nicht gestellt, dazu sind wir alle einfach zu erschöpft. Auch gehen wir davon aus, dass dem Ami das Risiko eines Nachtangriffes im dichten Wald zu riskant sein wird.

Es ist der 16. April 1945, ein sehr kalter Morgen. Wieder war an einem durchgehenden Schlaf nicht zu denken. Daher ist die Erholung nicht sonderlich groß. Wir warten, bis sich der Morgendunst des Hochwaldes lichtet und spähen dann die nähere Umgebung aus. Nach unserer Einschätzung ist Braunlage bereits an den Feind gefallen. Wir treffen überall im Wald auf Versprengte und Resten von Truppenverbänden. Auch sie teilen unsere Einschätzung. Sie sind ratlos, suchend, aber noch immer kampfbereit. Einige schließen sich unserer kleinen Gruppe an, andere ziehen weiter ihrer Wege. Wir lassen sie auch ziehen, wollen keinen zwingen, bei uns zu bleiben.

Nach einiger Zeit haben wir die Reste der Waffen-SS-Einheit gefunden, jetzt unter der Führung eines jungen SS-Untersturmführers. Sie haben sich zusammen mit Angehörigen der Wehrmacht - ich kann sogar einen Angehörigen der Kriegsmarine sehen - gesammelt.

Es dauert nicht lange und wir vernehmen wieder die Explosionen der feindlichen Artillerie. Auch Panzergeräusche können wir wieder hören. Jedoch kommen die Panzergeräusche nicht näher. Die US-Tanks meiden diese Gebiete und das auch aus gutem Grund. Die klippenreichen und tief gegliederten Waldgegenden sind alles andere als ideales Panzergelände. Zu leicht können sie hier in einen Hinterhalt geraten. Leider können wir das mit unseren leichten Waffen, die wir momentan zur Verfügung haben, nicht bewerkstelligen. Jetzt ein paar Panzerfäuste, Panzerschreck und geballte Ladungen ... Der Ami würde staunen, wie schnell er seine Panzer einbüßen würde. Aber wir haben lediglich Handfeuerwaffen. Noch nicht einmal ein Maschinengewehr haben wir zur Verfügung. Mit dieser Ausstattung ist nicht viel Staat zu machen. Der Untersturmführer sieht dies glücklicherweise genauso und wir marschieren weiter den Berghang hinauf bis zum Höhenzug des Wurmberges. Der Untersturmführer hat von dieser Art des Krieges, dem ständigen Ausweichen und Zurückziehen, längst die Nase voll. Das kann er jedoch nicht offen zugeben, aber ich merke es seinen Reaktionen an.

Wir erreichen eine Fichtenschonung auf der höchsten Stelle des Berges und lassen uns nieder. Wir sind nun insgesamt 20 bis 30 Mann.

Gerade sind wir dabei, unsere Stellungen aufzubauen, da erscheint plötzlich ein General samt Gefolge. Es ist eine kleine, untersetzte Gestalt mit Eichenlaub zum Ritterkreuz. Mir kommt die Person bekannt vor, doch komme ich nicht auf seinen Namen. Der Untersturmführer baut sich ordnungsgemäß vor dem General auf und erstattet Meldung. Der hohe Offizier mit den roten Binsen ist sichtlich bestürzt, dass wir die letzten Truppen zwischen ihm und dem Feind sind. Er befiehlt dem Untersturmführer energisch, wieder in unsere alte Stellung abzurücken. Sollten diese bereits vom Feind besetzt sein, sei dieser natürlich zu werfen.

Kurz darauf verabschiedet sich der hohe Besuch wieder. Der Untersturmführer ruft uns zusammen und gibt den Befehl des Generals bekannt. Doch er meint auch, dass er diesen Befehl nicht ausführen wird. Wir bauen unsere Stellung weiter aus, schon bald wird es finster. Wir wissen sehr genau, dass der Feind uns nachts nicht angreifen wird. Während der Kämpfe hier im Harz hat keiner von uns je einen amerikanischen Nachtangriff erlebt, also gehen wir davon aus, dass er jetzt, kurz vor Ladenschluss, nicht damit anfangen wird.

Am Morgen des 17. April 1945 scheint die Sonne über dem Harzer Bergland. Wir brechen auf. Wieder schließen sich uns neue Truppenverbände an. Anscheinend sind wir auf immer engerem Raum zusammengedrängt. Wir besetzen den Südhang des Winterberges und finden ein verstecktes Proviantlager. Sofort wird alles untersucht und aufgeteilt. Ich ergattere eine Dose mit Fisch und eine mit Schweinskopfsülze. Seltene Delikatessen. Auch ein paar Zigaretten kann ich ergattern. Doch da ich Nichtraucher bin, tausche ich sie gegen eine Dose Schokakola und Tubenkäse. Leider ist kein Brot vorhanden. Sogar einige Munitionskisten entdecken wir. Wir finden Stielhandgranaten, Eierhandgranaten, Munition und sogar ein paar Panzerfäuste. Die Waffen werden auf die erfahrensten Soldaten aufgeteilt. Auch ich bekomme zwei Stielhandgranaten und eine Panzerfaust.

Der Untersturmführer sucht nach ein paar Freiwilligen für einen Spähtrupp. Da ich es hasse, untätig zu sein, melde auch ich mich.

Diese Ungewissheit macht mich wahnsinnig. Und so kann ich wenigstens aktiv etwas unternehmen. Ich spüre das nahende Ende der eingekesselten Truppen. Dieses Durcheinander und die Unkoordination kann ja nicht nur hier bei uns so sein.

Wir pirschen uns durch das dichte Unterholz. Lange brauchen wir nicht und wir können fremde Stimmen hören. Das müssen die feindlichen Vorposten sein! Unglaublich, die Amerikaner machen keine Anstalten, sich ruhig und unauffällig zu verhalten. Ungeniert unterhalten sie sich miteinander. Ohne Probleme können wir sie umgehen und schleichen weiter vorwärts. Es wäre uns ein Leichtes gewesen, ein oder zwei der Vorposten auszuheben und Gefangene zu machen. Aber unser Auftrag besteht nur in Aufklärung, nur beobachten, nicht angreifen. Was sollten wir jetzt in unserer Situation auch mit Gefangenen machen?

Wir lauern in einer kleinen Mulde, bedecken uns mit Zweigen. Auf einer nahen Straße sehen wir Fahrzeugkolonne auf Fahrzeugkolonne an uns vorbeifahren. Panzer, Panzerspähwagen, LKW. Jede Menge Material. Eine beeindruckende Machtdemonstration. Wir sehen alles, was die amerikanische Rüstungsindustrie zu bieten hat. Wieder einmal wäre dies ein gefundenes Fressen für die eigene Artillerie oder eigene Flieger. Aber woher nehmen und nicht stehlen?

Nach einer dreiviertel Stunde reicht es uns. Wir haben genug gesehen. Wieder schleichen wir zurück, kommen auch wieder ohne Probleme an den Vorposten vorbei, denn sie geben sehr schön Auskunft über ihre Positionen. Sogleich erstatten wir dem Untersturmführer Meldung. Es wird uns klar, dass wir in unserer Stellung bereits umgangen sind. Die Amerikaner haben nur noch keine Notwendigkeit gesehen, den Berg einzunehmen. Wie üblich gibt es vormittags keinerlei Gefechtstätigkeit. Auch am Nachmittag bleibt es bei uns ruhig. Wir nutzen die Gelegenheit zur Nachmittagsruhe. Man weiß nie, wann es wieder rundgeht.

Einige Kameraden wollen runter zum Bach, welcher unter uns entlangläuft. Ich ziehe es vor, hier in Stellung zu bleiben. Nach dem, was ich vorhin gesehen habe, halte ich es für klüger, mich auf ein eventuelles Gefecht vorzubereiten, auch gegen gepanzerte Kräfte, und mich nicht durch Spaziergänge im Gelände zusätzlich bemerkbar zu machen. Von einigen Kameraden, welche zu dieser Zeit wohl bereits weniger Kampfgeist besitzen, bekomme ich noch ein paar Stielhandgranaten. Daraus fertige ich mir vorsichtshalbe eine geballte Ladung an. Man weiß ja nie. Auch bei einem gegnerischen Sturmangriff mit Infanterie haben diese Ladungen eine vernichtende Wirkung.

Die Kameraden sind keine halbe Stunde weg, da hören wir am Bach Gefechtslärm, welcher stetig ansteigt. Anscheinend sind die Kameraden auf den Feind gestoßen, oder sind in einen Hinterhalt geraten. Wir schnappen uns unsere Waffen und eilen ebenfalls zum Bach. Ich nehme zusätzlich meine Panzerfaust mit.

Die Kameraden stehen unter schwerem Feuer. Kurz neben mir schlägt ein Geschoss in den Stamm eines Baumes. Ich bekomme einige Holzsplitter ins Gesicht und blicke auf den Stamm. Es läuft mir ein kalter Schauer über den Rücken. Der Feind schießt mit Explosivgeschossen auf uns. Jeder Landser weiß, was ein

Treffen durch diese Teufelsdinger bedeutet. Im besten Fall ist man fürchterlich verstümmelt, im schlimmsten Fall bekommt man sehr schnell einen kalten Arsch, denn meist kann einem kein Sani mehr helfen. Diesmal greift der Feind auch mit Panzern an. Aber auch jetzt traut er sich nicht so wirklich voran, und es wird sich gleich zeigen, dass er Recht hat.

Die Kameraden halten die feindliche Infanterie mit gezieltem Feuer nieder. Anscheinend ist er vom starken Widerstand, auf den er hier stößt, überrascht. Ich blicke mich kurz um und sehe schon den ersten Feindpanzer schräg vor mir. Jeden Busch und jeden Erdhügel ausnutzend, schlängle ich mich voran. Die Panzerfaust habe ich bereits vom Rücken genommen und halte sie beim Vorwärtskriechen fest in den Händen. Kurz aufgeblickt, ob der Panzer noch deckungslos ist, oder sich bereits Infanterie zu ihm gesellt hat. Ich sehe, dass alles sicher ist. Die feindliche Infanterie ist mit dem Feuerkampf gegen meine Kameraden vollauf beschäftigt. Auch die feindlichen Panzer sind abgelenkt, da an unserer rechten Flanke anscheinend ebenfalls ein Landser mit einer Panzerfaust gegen die Ami-Tanks vorgeht. Zumindest sehe ich dort den typischen Feuerschweif einer Panzerfaust.

Sofort wird die für mich günstige Gelegenheit genutzt. Ich knie mich hin, nehme die Panzerfaust unter den Arm, visiere kurz an und drücke ab. Der Sprengtopf zischt auf den Sherman zu und schweißt sich in die Seitenpanzerung des Turms. Augenblicke später schlagen die Lukendeckel auf und Feuerstrahlen zischen aus dem Inneren des Panzers heraus. Ein schaurig-schöner

Anblick. Sofort mache ich, dass ich in eine neue Deckung komme. Vielleicht wurde ich ja von einem Feind entdeckt, welcher mich jetzt aufs Korn nehmen will. Es bietet sich ein großer Felsen an. Mit einigen weiten Sprüngen hechte ich mich so gut es geht hinter ihn. Nun hocke ich hinter diesem großen Felsbrocken und überlege, was weiter zu tun ist. Meine geballte Ladung habe ich im Koppel stecken. Ziele gibt es einige dafür. Doch wo ist das sicherste Herankommen an eines der lohnenden Ziele?

Ich nehme die Ladung aus dem Koppel und halte sie fest in meiner rechten Hand. Vorsichtig spähe ich um den Felsen herum und sehe eine amerikanische Selbstfahrlafette des Typs M7. Erstaunlicherweise hat diese sich recht weit nach vorn getraut und feuert nun im direkten Beschuss auf die in Deckung liegenden Kameraden. Auch der MG-Schütze auf seiner etwas disponiert wirkenden Position feuert unablässig gegen Ziele, welche ich aber nicht ausmachen kann. Der Feind ist jedenfalls vollkommen in seinen Feuerkampf vertieft. Nicht einmal das qualmende Fanal der Vernichtung in Form des eben zerstörten Sherman mahnt ihn anscheinend zu mehr Vorsicht. Umso besser für mich.

Ich atme noch einmal tief durch, drehe den Verschluss am Ende der mittigen Stielhandgranate ab und ziehe kräftig an der Zündschnur mit der kleinen Porzellankugel, welche herausfiel. Ich schnelle hinter dem Felsen vor. Ein kurzer Sprint und sodann schleudere ich die geballte Ladung mit aller Kraft in Richtung der Selbstfahrlafette. Sie landet genau im Kampfraum, ich kann noch kurz im Augenwinkel den erschrockenen Gesichtsausdruck eines der Besatzungsmitglieder erkennen, bevor ich Deckung suchend in eine kleine Mulde stürze. Die geballte Ladung muss kaum auf dem Boden des Kampfraums gelandet sein, als sie detoniert. Die Besatzung hat keine Chance mehr, noch irgendwie zu reagieren oder ihr Fahrzeug zu verlassen. Schon einen Wimpernschlag später spüre ich den Luftdruck der Detonation, welche den M7 und die unglückliche Besatzung zerfetzt.

Zu meiner Überraschung liegt in der Mulde bereits ein junger Kamerad. Er macht einen völlig verängstigten Eindruck. Unmittelbar neben ihm befindet sich eine Panzerfaust. Weiß der Teufel, wo er sie her hat. Das interessiert mich aber im Augenblick überhaupt nicht. Ich rücke meinen verrutschten Stahlhelm zurecht und schnappe mir die Panzerfaust. Kurz blicke ich über den Rand der flachen Mulde und kann keine unmittelbare Gefahr erkennen. Langsam und vorsichtig gleite ich aus der Mulde hinaus, jeden Strauch und jede kleine Erhebung als Deckung nutzend. Rund um mich herum tobt der Kampf gegen den Feind, welcher sich seines Sieges schon so sicher war und nun doch einige Verluste verkraften muss.

Es gelingt mir, mich bis auf circa 60 Meter an einen weiteren Sherman heranzupirschen, welcher am linken Flügel der amerikanischen Kampfgruppe steht. Ich hocke hinter einen umgestürzten Buchenstamm. Dieser ist bereits von Efeu überwuchert. Ich riskiere einen kurzen Blick. Das Bug-MG feuert unablässig auf einige Kameraden, welche ich von hier aus aber wieder nicht sehen kann.

Gerade will ich den Kopf wieder runternehmen, da schlägt kurz neben mir eine Kugel in den Stamm. Einige kleine Holzsplitter fliegen herum, aber ich werde nicht getroffen. Sofort liege ich mit der Nase im Dreck. Aufgeregt und mit klopfendem Herz versuche ich nun zu hören, ob noch weitere Geschosse in meiner Nähe einschlagen, ob ich entdeckt bin, oder es nur ein verirrter Querschläger war. Doch kann ich nichts Verdächtiges vernehmen, also wieder einmal Schwein gehabt. Ich kontrolliere die Panzerfaust und mache sie nun endgültig scharf. Wieder spähe ich über den Stamm. Der Panzer hat sich nicht bewegt. Nur sein MG feuert noch immer im Stakkato. Sein Turm wendet sich suchend von links nach rechts. Der Richtschütze sucht anscheinend nach lohnenden Zielen. Doch er wird keines mehr finden. Ich lege das Rohr der Panzerfaust auf den Stamm, ziele kurz und drücke ab. Mit einem Fauchen zischt der Sprengtopf in Richtung des Sherman. Efeu fliegt vom Stamm weg. Ein langer Feuerschweif versengt hinter mir ein Gebüsch. Der Sprengtopf bohrt sich in die Wannenseite des Panzers und bringt ihn zur Explosion.

Ich lasse das nun nutzlos gewordene Rohr der Panzerfaust liegen und suche das Weite. Aus dem vernichteten Sherman steigt schwarzer, fettiger Rauch auf und es sind immer wieder kleine Explosionen im Inneren zu hören. Hinter einer Baumgruppe, welche mit Dickicht durchzogen ist, sehe ich einige Kameraden. Sie winken mich heran und ich eile zu ihnen. Helfende Hände ziehen mich schnell durch das Dickicht. Ich erleide dadurch zwar ein paar Kratzer im Gesicht, aber ich bin aus dem Sichtbereich des Feindes. Anerkennend schlagen sie mir auf die Schultern. Ein mir unbekannter Oberfeldwebel meint: »Soldat, nicht schlecht, die Zerstörung der drei

Panzerfahrzeuge. In geordneten Zeiten wäre dafür wohl das Ritterkreuz fällig.«

Anscheinend waren auch andere Kameraden erfolgreich bei der Jagd, denn ich zähle insgesamt fünf Rauchfahnen, also fünf vernichtete feindliche Fahrzeuge. Ich sehe die Sache mit gemischten Gefühlen. Natürlich ist die Vernichtung von feindlichen Fahrzeugen nichts Alltägliches, doch was stört den Feind schon dieser Verlust? Er hat tausende davon. Wenigstens hat diese amerikanische Kampfgruppe zu spüren bekommen, dass immer noch Krieg ist und sie hier nicht wie bei einem Sonntagsausflug durch den Harz marschieren kann. Wir ziehen uns dennoch zurück, denn lange wird der Feind nicht auf sich warten lassen.

Auf das Kampffeld konzentriert der Amerikaner nun sein Artilleriefeuer. Dort bleibt wieder einmal kein Stein auf dem anderen. Es sieht so aus, als ob jeder Meter Boden von den Granaten umgegraben wird. Unsere kleine Gruppe zieht wieder zur alten Stellung. Schnell kramen wir unsere Sachen zusammen. Es hat sich nur noch ein kleiner Rest der Truppe eingefunden. Es wird wohl einige erwischt haben, andere wurden wohl versprengt und versuchen nun auf eigene Faust durchzukommen. Eines ist klar: Nach diesem Gefecht wird der Feind hier keinen Widerstand mehr vorfinden und kann nun also schnell nachstoßen. Sobald er dies gemerkt hat, wird er es wohl auch tun. Also heißt es für uns wieder: ab in das Unterholz und weg vom Feind.

Um mich herum hat sich eine Gruppe von fünf Landsern geschart. Wir kommen auf eine kleine Lichtung und treffen auf einen Leutnant der Artillerie. Er meint, er hätte hier einen Beobachtungsposten. Es soll auf jedem Fall weitergekämpft werden, er gibt uns als Richtung Nordost an. Einen halben Kilometer dahinter soll noch eine intakte Truppe stehen. Er verschwindet wieder in einem Gebüsch und wir marschieren weiter.

Ein komischer Kauz, denke ich mir. Liegt hier einsam in Stellung und uns ist der Feind auf den Fersen. Von seinen Beobachtungen haben wir nichts. Lieber sollte er mal zusehen, dass seine Artillerie dem Ami eins auf den Pelz brennt. Aber das passiert anscheinend auch nicht.

Nach wenigen hundert Metern treffen wir auf eine Gruppe von circa 15 Landsern der Waffen-SS. Es sind alles junge Burschen von höchstens 18 Jahren. Ich erkenne die Ratlosigkeit in ihren Gesichtern.

Plötzlich treten aus dem dämmrigen Wald noch zwei SS-Offiziere heraus. Sie meines, wir seien hier im Raum eingekesselt, und befehlen uns den Ausbruch nach Osten. Sie kommen auf die glorreiche Idee, drei kleine Gruppen zu bilden, und eine davon soll ich übernehmen. Diese Aussicht finde ich nicht sehr verlockend. Wenn wir wirklich eingekesselt sind und wir durch eine enge Kesselfront durchbrechen müssen, dann ist mir diese Gruppe eindeutig zu groß. Je kleiner die Gruppe, desto größer die Chancen.

Schnell sind die ersten zwei Gruppen unter der Führung der SS-Offiziere verschwunden, da schau ich mir meine Gruppe an. Wieder blicke ich in viele verunsicherte und ratlose Gesichter. Da beschließe ich den jungen Soldaten ein wenig auf den Zahn zu fühlen. Nach einigem guten Zureden lassen sie sich dann endlich locken. Es stellt sich heraus, dass zwei Soldaten aus der

Gegend von Thale kommen und dementsprechend versuchen wollen, lieber dorthin durchzubrechen. Ein weiterer kommt aus München, zwei aus dem Ruhrgebiet. Diese haben natürlich wenig Interesse daran, weiter nach Osten durchzubrechen. Sie meinen, was sie in den letzten Monaten durchgemacht hätten, habe ihnen gezeigt, dass der Krieg vorbei sei. Die letzten Tage hätten diesen Eindruck nur noch verstärkt.

Ich kann diese Einstellung durchaus verstehen, auch wenn es nicht mein Weg ist. Ich stelle es der Gruppe frei, sich auf eigene Faust durchzuschlagen. Niemand muss sich anschließen. Schnell zeigt sich, dass auch die restlichen zwei Landser lieber auf eigene Faust losziehen wollen. Also bin ich erneut auf mich gestellt. Auch gut, wenigstens habe ich dann nur die Verantwortung für mich.

Kurz überlege ich, wo für mich der günstigste Weg wäre, um durchzubrechen. Noch immer möchte ich mich nach Osten zu meiner Stammeinheit durchschlagen. Doch in dieser Himmelsrichtung wird wohl auch der Widerstand am stärksten sein und ich habe kein Bedürfnis, mich von den eigenen Leuten abknallen zu lassen. Also nehme ich mir vor, mich in die ungefähre Richtung Südwest zu bewegen.

Ich taste mich vorsichtig durch das mit Klippen und Felsen durchzogene Fichtendickicht. Immer wieder lausche ich in die Gegend. Kein Infanteriefeuer ist zu hören, also weiter. Da rauscht es plötzlich heran und schlägt in die hohen Bäume. Surrend klirren die Granatsplitter auf die Granitflächen. Schnell suche ich zwischen eben diesen Gesteinsblöcken Schutz. Ich hoffe, dass es mich nicht jetzt noch erwischt. Ich versuche das Artilleriefeuer auszumachen. Die feindliche Artillerie feuert von zwei Seiten in den Kessel und versucht wohl dadurch, unsere Truppen zu zersetzen und nicht zur Ruhe kommen zu lassen. Ich liege unter einer regelrechten Feuerglocke, doch habe ich Glück und ich verdanke dieser Granitblockhalde mein Leben.

Langsam bricht die Dämmerung herein und der Artillerieüberfall endet.

Da sehe ich ein gigantisches Wetterleuchten. Der Brocken sieht aus, als ob er in ein Feuermeer getaucht wurde. Anscheinend haben feindlichen Jabos die Munitions- und Treibstoffvorräte, welche dort im Brockenhotel gelagert wurden, in Brand geschossen. Ein schaurig-schöner Anblick. Beinahe malerisch, wenn es nicht so grausam wäre. Nun werden wohl auch dort die Truppen keinen langanhaltenden Widerstand mehr leisten können und bald aufgerieben werden.

Als ob die Natur dieses Schauspiel noch akustisch untermalen wollte, fängt es nun an zu donnern und zu blitzen. Mit großer Geschwindigkeit nähert sich aus Richtung der Lüneburger Heide ein mächtiges Gewitter. Schon lange habe ich das Grummeln in der Ferne gehört. Innerlich habe ich gehofft, dass es vielleicht die versprochenen Wunderwaffen sein würden, welche nun zum Einsatz um die Festung Harz kommen. Es wurde ja immer wieder davon gesprochen und irgendwie hat man doch auch daran geglaubt. Nun stehe ich hier im immer stärker werdenden strömenden Regen. Die Nässe tropft mir vom Stahlhelm, meine Zeltbahn, welche ich mir als Kälteschutz und zur Tarnung umgelegt habe, ist innerhalb kürzester Zeit durchnässt. Trotz des Wolkenbruches und trotz der Gefahr, vom Feind erkannt zu werden, kann ich meinen Blick nicht von diesem Bild abwenden.

Brennender Harz – Götterdämmerung, geht es mir durch den Kopf. So sieht also Ragnarök aus.

Nach einer unbestimmten Zeit, reiße ich mich von dem Anblick los. Inzwischen ist es stockdunkel geworden. Regen, Blitze und Donner hören einfach nicht auf, gewinnen eher noch an Stärke. Meine Waffe habe ich natürlich noch bei mir. Man weiß nie, auf wem man trifft.

Greift einen die eigene Truppe ohne Waffe auf, kann man leicht als Deserteur aufgeknüpft werden. Andererseits, wenn man dem Feind begegnet, dann möchte ich auch nicht unbewaffnet sein. Gefangenschaft ist noch immer nicht mein Ziel. Dennoch krame ich meine dürftigen Englischkenntnisse zusammen. Ein richtiges Wort zur richtigen Zeit kann einem ja vielleicht doch das Leben retten. Besser als eine Kugel verpasst zu bekommen.

In stockdunkler Nacht taste ich mich vorsichtig durch die hohen Fichten. Hin und wieder erhellen Blitze das tiefschwarze Umfeld. Einerseits erhellen sie die Umgebung, andererseits blenden sie auch jedes Mal die Augen, sodass sich diese nicht recht an die Dunkelheit gewöhnen können. Ich kann einfach nichts Genaues erkennen. Der Starkregen macht es auch nicht gerade besser. Das Gewitter dauert weiter an, es ist einfach gigantisch. Ein so kräftiges Gewitter habe ich noch nicht erlebt. Das Donnern und das Regenrauschen sind mein persönlicher Verbündeter. So werden meine eigenen Geräusche, die unweigerlich entstehen, gut überdeckt.

Immer weiter pirsche ich vorwärts. Bald müsste doch die amerikanische Postenkette kommen. Immer öfters mache ich nun Rast und horche in die Umgebung. Da höre ich es! Menschliche Geräusche sind zu vernehmen. Hier ein Räuspern, dort ein Schnäuzen und immer wieder Wortfetzen. Seitlich von mir sehe ich nun einen glühenden Punkt, wohl eine Zigarettenspitze. Unglaublich, solch eine Leichtsinnigkeit. Immer weiter pirsche ich mich voran, Stück für Stück. Verspüre ich Angst? Wohl eher nicht, die ungeheure Anspannung überdeckt die Angst. Der Überlebensinstinkt ist stärker als alle anderen Geräusche. Verstand und Nerven sind ausgeschaltet, der Instinkt hat nun die Führung übernommen.

Ohne den laut rauschenden Regen wäre das Durchbrechen schwerer, vielleicht sogar unmöglich. Ich habe Glück, keinem amerikanischen Posten in die Arme zu laufen. Die Posten werden sich wohl die Kapuzen als Regenschutz übergezogen haben, hören und sehen dadurch noch weniger. Auch die werden froh sein, wenn sie in Ruhe gelassen werden. Manch einer wird vielleicht auch schon vom Kriegsende und der ruhmreichen Heimkehr träumen. Auch mir ging es einst so. Damals, als wir noch siegesgewohnt in Russland standen und hofften, dass der Krieg bald aus sei.

Der Gewitterregen lässt mir keinen trockenen Faden am Leib. Ich bin durch bis aufs Letzte. Der Regen läuft mir den Stahlhelm im Schwall hinunter. Ein gewaltiger und greller Blitz erscheint am Himmel und von jetzt auf gleich ist das Gewitter aus. Der Nachthimmel hellt sich auf. Doch die feindliche Postenkette liegt glücklicherweise bereits hinter mir. Dennoch ist Vorsicht geboten.

Es geht leise und lautlos weiter. Vor mir kommt ein kleiner Bach in Sicht. An dieser Stelle gab es vor einigen Stunden das Gefecht. Es ist keine Gefahr mehr in Sicht. Man sieht kaum noch etwas von den Kämpfen. Selbst die abgeschossenen Panzerfahrzeuge wurden schon abgeschleppt. Ich marschiere weiter nach Süden und gelange an eine Panzersperre, welche auf einer Seite bis an eine Klippe heranreicht und auf der anderen Seite an einen Felshang. Also gibt es für mich keine Möglichkeit, sie zu umgehen. Ich lege mich in ein dichtes Brombeergebüsch und beobachte eine Weile das Gelände. Nach circa einer Viertelstunde kann ich noch immer nichts auffälliges ausmachen und entscheide mich dazu, mich heran zu pirschen. Vorsichtig untersuche ich die Sperre auf versteckte Sprengfallen. Doch auch da kann ich keine Auffälligkeiten entdecken, also schnell drüber. Auf der anderen Seite angelangt, mit einem langen Satz ins Dickicht gehechtet, und schon beobachte ich wieder die Umgebung. Hat mich vielleicht jemand gesehen?

Ich kann nichts entdecken, was mir Unbehagen bereiten sollte. Also geht es weiter in südwestliche Richtung, immer im Dickicht und im Schutz des dichten Waldes. Langsam geht die Nacht zu Ende und ich entschließe mich, nach einer geeigneten Stelle zur Rast Ausschau zu halt. Fündig werde ich bei einer kleinen dicht gewachsenen Fichtenschonung. Ich lege mich mit meinen völlig durchnässten Klamotten auf den feuchten

Waldboden und schlafe sofort ein. Mein Stahlhelm und der Rucksack dienen als Kopfkissen.

Am 18. April 1945 werde ich von strahlendem Sonnenschein geweckt. Meine Uhr zeigt kurz vor 10 an. Die Sonne entfaltet bereits eine solche Kraft, dass meine Vorderseite, welche ihr zugewandt war, bereits fast trocken ist. Meine Kehrseite hingegen ist noch immer nass.

Ein sehr unangenehmes Gefühl, denk ich mir, *aber es gibt Schlimmeres.* Da ich mich in der Fichtenschonung recht sicher fühle, nutze ich die Zeit noch für ein kleines Frühstück. In meinem Rucksack habe ich noch die Tube Käse und etwas von der Schokakola. Es ist zwar nicht sehr viel, aber besser als nichts.

Nach diesem »reichhaltigen« Mahl setzte ich meinen Marsch mit feuchter Kleidung fort. Ich bin froh, nun wohl endgültig dem Kessel entronnen zu sein. Auf einmal höre ich heftiges Infanterie- und Artilleriefeuer. Glücklicherweise liegt es bereits weit hinter mir.

Der Ami wird jetzt wohl den Kessel durchstoßen und Stück für Stück ausräumen, denke ich mir und marschiere schnell weiter. Hauptsache Kilometer gewinnen und Gelände zwischen mir und dem Feind bringen.

Gegen Mittag kommt wieder das nagende Hungergefühl auf. Leider besitze ich keinerlei Verpflegung mehr. Es fällt mir auf, dass ich anscheinend nicht der Einzige bin, welcher hier durch den Wald marschiert. Ab und an fällt mir eine kleine Rauchwolke auf, welche mitten im Hain aufsteigt. Anscheinend machen einige Versprengte ein Lagerfeuer, vielleicht um Essen aufzuwärmen oder die Kleidung zu trocknen. Dies finde ich schon mehr als leichtsinnig und versuche diese Stellen weiträumig zu umgehen. Damit mache ich vielleicht den ein- oder anderen Umweg, doch fühle ich mich dadurch sicherer, denn diese Stellen werden sicherlich auch die Feindkräfte anziehen und dann ist der Ofen schnell aus.

Ich komme an die Harz-Hochstraße. Wohl oder übel muss ich sie überqueren. Wieder warte ich in einem Gebüsch und sondiere einige Zeit lang das Gelände. Aber wieder kann ich nichts Auffälliges bemerken. Also kurz den Körper angespannt und ab, rüber über die Straße und hinein in das gegenüberliegende Odertal. Ich versuche immer durch das unwegsamste Dickicht zu marschieren. Diese Wege sind zwar am beschwerlichsten, doch ich denke, dass sie auch am sichersten sind. Der Ami wird wohl kaum freiwillig durch dieses Unterholz wandern. Panzerfahrzeuge können hier schon gar nicht zum Einsatz kommen.

Meine Uniform und die Zeltbahn, welche ich noch immer umgehängt habe, ist endlich wieder trocken. Doch der Hunger macht mir zu schaffen und ich merke langsam, dass ich immer mehr mit der Strecke zu kämpfen habe. Meine Gedanken kreisen fast nur noch darum, wo ich etwas zu essen finden könnte.

Unterhalb des Odertals sehe ich eine Gruppe Rotwild, die friedlich grast. Ein wirklich einträchtiges Bild, ein unglaublicher Kontrast zum Erlebten und zu dem, was nur wenige Kilometer entfernt im Harzer Kessel vor sich geht. Dort sterben im selben Augenblick tapfere Soldaten in einem aussichtslosen Kampf.

Ich steige über den Rehberger Graben hinweg Richtung Sonnenberg und erreiche am späten Nachmittag ein kleines Gehöft. Vorsichtig nähere ich mich dem Gebäude. Immer wieder halte ich Ausschau nach dem Feind. Ich kann Ketten- und Radspuren entdecken, aber keine Fahrzeuge. Auch Soldaten sehe ich keine. Es müssen aber vor Kurzem feindliche Einheiten hier gewesen sein. Anscheinend sind sie schon wieder abgerückt. Jedenfalls sind die Amerikaner nicht mehr vor Ort. An der Haustür sehe ich in roten Lettern »Reserved for the Phantom Division« geschrieben. Was auch immer die Phantom Division ist oder wer auch immer das geschrieben hat, interessiert mich recht wenig. Ich habe einen Bärenhunger und öffne vorsichtig die Tür. Leise schleiche ich mich hinein.

Im Innenraum des Gebäudes herrscht ein heilloses Chaos. Hier wurde anscheinend bereits geplündert und wild gehaust. Ob von versprengten deutschen Verbänden oder von Amerikanern, kann ich nicht sagen. Es ist mir im Augenblick auch gleich. Ich finde den Eingang zum Keller und gehe langsam die Steintreppe hinunter in den dunklen Raum. Ich habe Schwierigkeiten, etwas zu sehen, erinnere mich aber, dass ich noch einige Streichhölzer im Rucksack habe. Ich zünde zwei Stück an und der schwache Schein der Streichhölzer beleuchtet den Raum mehr schlecht als recht. Vorerst finde ich nichts Brauchbares, doch kurz bevor die Hölzer heruntergebrannt sind, sehe ich ein kleines Regal in der hintersten Ecke stehen. Ich bewege mich darauf zu und als ich kurz davorstehe, gehen die Streichhölzer aus. Nun heißt es tasten … und ich ertaste einige Gläser. Schnell stecke ich sie in meinen Rucksack. Nachschauen, was drin ist, kann ich auch oben bei Licht. Also wieder zurückgetastet. Zum Glück scheint Licht durch die zahlreichen Ritzen der Kellertür, welche aus grobem Holz gezimmert ist. Das macht die Sache etwas leichter. Ich habe mein Ziel, die Steintreppe, schon fast erreicht, da stoße ich mit meinen Stiefeln gegen einige Gegenstände. Ich betaste sie. Sie fühlen sich rund und klobig an.

Entweder Kohle oder Kartoffeln, meine ich zu mir. Da sich meine Hände aber nicht sonderlich staubig anfühlen, entschließe ich mich, dass es sich um Kartoffeln handeln muss. Auch davon stecke ich mir einige in meinen Rucksack. Man weiß ja nie. Wieder im Wohnraum angelangt, begutachte ich meine Ausbeute. Die runden Gegenstände sind tatsächlich Kartoffeln. Die Gläser sind gefüllt mit eingekochten Erdbeeren, Gurken und Birnen.

Mir läuft schon das Wasser im Mund zusammen. Wieder einmal unverschämtes Glück gehabt.

Ich verlasse schnell das Gebäude und schlage mich wieder in das Fichtendickicht. Es ist mir zu riskant, hier zu übernachten, obwohl es sehr verlockend wäre, ein Dach über den Kopf zu haben. Doch ein Gebäude ist automatisch auch immer ein Anziehungspunkt für andere Menschen. Lieber kampiere ich ein paar Kilometer davon entfernt im Freien, bekomme aber keinen ungewollten Besuch.

In meinem Nachtlager angekommen, öffne ich erstmal eines der Einmachgläser und lasse mir die Birnen schmecken. Die anderen Gläser verschwinden wieder in meinem Rucksack. Wer weiß, wann ich das nächste zu essen finde. Vielleicht ergibt sich auch mal die

Gelegenheit, ein verdecktes Feuer zu machen und mir ein paar der Kartoffeln zu braten. Mit vollem Magen und satt, schlafe ich sehr schnell ein.

Der 19. April zieht auf und ich werde wieder von einer warmen Sonne geweckt. Die Nachtruhe hat mir gutgetan. Ich öffne das Glas Erdbeeren und esse einige davon. Meinen Stahlhelm lasse ich nun endgültig liegen und setze meine Feldmütze auf.

So gestärkt marschiere ich weiter in den frühen Morgen. Es geht immer quer über Stock und Stein. Ich meide grundsätzlich Waldschneisen und gut einsehbare Wege. Ab und an blicke ich auf meinen kleinen Kompass, sodass ich immer die grobe Richtung Süd oder Südwest einhalte.

Ich komme irgendwann bei Kamschlacken an. Ich pirsche mich bis zum Waldrand heran. Wieder einige kleine Häuschen. Ich überlege, ob ich die Bewohner um etwas Brot bitten sollte. Es erscheint mir sehr gefährlich, mal ganz davon abgesehen, ob die Bewohner überhaupt noch etwas Essbares zum Teilen haben. Ich laufe weiter, das Risiko ist mir einfach zu hoch. Wer weiß schon, wer in den Häusern wohnt, ob sie mir wohl gesonnen sind oder mich an den Feind verraten, um selbst einen kleinen Vorteil zu erhaschen.

Einige Kilometer weiter stoße ich auf einen Leidensgenossen. Wir tauschen Neuigkeiten aus und er warnt mich, extrem vorsichtig beim Überqueren von Waldschneisen zu sein. Die Amis stehen dort wohl in gut getarnten Spähwagen und veranstalten Scheibenschießen auf unvorsichtige Landser. Dem Feind ist klar, das ihm zahlreiche deutsche Soldaten durchs Netz geschlüpft sind und nun machen sie Jagd auf sie.

Ich muss zwischen Kamschlacken und Riefensbeek eine Straße überqueren. Ich suche mir die engste Stelle und mit ein paar weiten Sprünge bin ich drüber und tauche sofort wieder ins Dickicht ein. Wieder geht es weiter. Große Tagesleistungen kann ich natürlich nicht schaffen, da ich noch immer stets das unwegsamste Gelände wähle.

Auch wird mir das Marschieren am Tage zu riskant. Ich suche mir eine gute Deckung und mache Rast. Nun muss der Rest des Erdbeerglases daran glauben. Ich warte in meinem Versteck, bis es langsam dunkel wird. Dann marschiere ich weiter. Als die Dunkelheit vollends hereingebrochen ist, wird das Vorankommen jedoch noch schwieriger, da ich nun die Hindernisse nicht mehr genau sehen kann. So lande ich mehrmals schmerzhaft auf der Nase. Irgendwann reicht es mir und ich halte mehr schlecht als recht Ausschau nach einem Nachtlager. Ich entdecke eine Geländemulde, welche dicht mit Buchenlaub aufgefüllt ist. Kopfüber springe ich hinein und decke mich fast vollständig mit Laub zu, sodass nur noch das Gesicht rausschaut. Durch das viele Laub ist es unglaublich weich und auch recht warm. Solch ein gemütliches Nachtlager hatte ich schon lange nicht mehr.

Durch die Strapazen des Tages schlafe ich auch diesmal wieder sehr schnell ein.

Als ich aufwache, ist bereits der 20. April 1945 angebrochen. Sofort kommt es mir in den Kopf. Heute ist »Führergeburtstag«. Was für eine groteske Situation. Sonst wurden an diesem Tag immer heroische Paraden abgehalten und zahlreiche Veranstaltungen zelebriert. Nun irren Soldaten der zerschlagenen Wehrmacht durch die Wälder der eigenen Heimat und verstecken sich vor dem Feind, welcher unbarmherzig Jagd auf sie macht. In meinem gemütlichen Nachtlagen esse ich noch ein paar eingelegte Gurken und mache mich dann wieder auf den Weg. Es geht nun westlich von Buntenbock weiter in südwestliche Richtung.

Auf einmal höre ich Holzeinschlag auf meinem Marsch. Hunger und Neugier drängen mich in die Richtung der Geräusche. Vorsichtig gehe ich darauf zu. Aus einem Gebüsch heraus, in sicherer Entfernung, beobachte ich und entdecke einen Holzfäller. Vorsichtig nähere ich mich. Er bemerkt mich und winkt mich heran. Ich beschleunige meinen Schritt und der ältere Holzarbeiter führt mich zu einem kleinen, halb zusammengefallenen Unterstand. Er warnt mich eindringlich, vorsichtig zu sein. Überall streifen nun Polen durch die Wälder. Sie wurden von den Amerikanern aus verschiedenen Arbeitslagern befreit und machen Jagd auf deutsche Soldaten. Wenn sie einen erwischen, verprügeln sie ihn und liefern ihn den Amerikanern aus.

Wieder Glück gehabt, denke ich mir und bin froh, dass ich nicht diesen Polen in die Hände gefallen bin. Ich habe zwar noch mein Sturmgewehr und eine Stielhandgranate bei mir, aber ein Infanteriegefecht würde wohl auch die Amerikaner auf den Plan rufen. Dennoch werde ich meine Waffen bei mir behalten, denn wehrlos möchte ich diesen Lumpen nicht in die Hände fallen.

Nach dieser Neuigkeit fragt mich der ältere Mann, ob ich nicht schnell noch mit ihm frühstücken möge. Er hat ein großes Butterbrot und ein gutes Stück Speck bei sich. Ich bin ihm ehrlich dankbar und stelle ihm meine angebrochenen Gläser Gurken und Erdbeeren auf den kleinen, wackligen Tisch.

Gemeinsam teilen wir unseren Proviant und lassen es uns schmecken. Unser Tischgespräch wendet sich dem heutigen Tag zu. Der Waldarbeiter erzählt von der Rundfunkansprache von Doktor Goebbels anlässlich des Führergeburtstages. Dort meinte der Minister, die tapferen deutschen Truppen in der Festung Harz sollen noch ein wenig aushalten. Auch die tapferen Verteidiger der Seelower Höhen nahe der Reichshauptstadt müssten weiterhin fanatischen Widerstand leisten. Die neuen Waffen kämen bald zum Einsatz und dann würden die Feinde in Ost, Süd und West wieder zurückgedrängt!

Ja, daran glaubte ich auch einst und als was hat es sich herausgestellt? Als ein mächtiges Gewitter, aber keine neuen mächtigen Waffen.

Es erschüttert mich, dass man die ehrenvolle Tapferkeit der Truppe so schamlos ausnutzt und sie in einen fanatischen Endkampf schickt. Aber für was? Damit die Führung noch wenige Tage länger an der Macht bleiben kann?

Nachdem wir fertig gegessen haben, verabschiede ich mich und danke dem Mann, dass er sein Essen mit mir teilte. Mir ist natürlich sehr wohl aufgefallen, dass der Alte sich beim Essen zurückhielt und ich den größten Teil bekam.

Weiter geht es. Ich komme langsam aus dem Harz heraus. Fichten- und Buchenwälder wechseln sich ab. Die Vegetation verändert sich. So langsam weiß ich jedoch selbst nicht mehr, wohin es mich treibt, und ich verliere allmählich den Glauben, dass ich noch Anschluss an meine Einheit finde. Gedankenversunken marschiere ich immer weiter, bis plötzlich zwei Gestalten grinsend vor mir stehen. Es sind zwei Fallschirmjäger. Sie ziehen mich in eine Gebüschreihe, welche von hohen Fichten und Buchen umgeben ist. Ein hervorragendes Versteck. In diesem Versteck hocken nun noch drei weitere Fallschirmer. Sie meinen, dass sie mich schon länger hätten kommen sehen.

War ich wirklich so unvorsichtig und gedankenversunken, dass ich keinerlei Notiz von ihnen nahm?, schießt es mir durch den Kopf. Die beiden Fallschirmjäger, welche mich aufgegriffen haben, sind Hamburger, zwei weitere kommen aus Bremen und der fünfte im Bunde stammt aus Leer. Sie wollen alle heim, Richtung Norden.

Die Gruppe macht einen munteren Eindruck. Meinen zwar, dass der Kampf wohl vorerst vorbei sei, die Niederlage nicht mehr abzuwenden. Sollte der Kampf aber bald weitergehen, seien sie auf jedem Fall wieder dabei. Bei dieser Äußerung muss ich unweigerlich nachfragen. Da meint einer der Fallschirmer, dass die Briten gerüchteweise bereits planen würden, gegen die Russen zu marschieren, und zu diesem Zweck hätten sie vor, auch eine deutsche Armee aufzustellen. Da sei es ja klar, dass sie sich beteiligen und die Russen wieder aus Deutschland hinauswerfen wollen. Sie müssten hier nur noch eine Weile aushalten, bis sich der gröbste Schlamassel gegeben haben werde. Teilweise glaube ich, dass ich nicht richtig höre. Der erste Krieg nicht mal beendet und die denken schon an den nächsten! Eine merkwürdige Art von Humor. Ich hatte ja schon oft gehört, dass Fallschirmjäger eine Truppe für sich seien und auch regelrechte Draufgänger, doch das hier ist nun doch allerhand.

Nun, ich verabschiede mich mit den besten Wünschen und überlasse der Gruppe noch mein Sturmgewehr samt Munition und die Handgranate. Im Austausch dafür bekomme ich eine gute Walther P.38. Diese kann ich auch viel leichter verstecken und bin trotzdem nicht ganz wehrlos. Nachdem, was mir der alte Holzfäller über den Frontverlauf gesagt hatte, bin ich der Überzeugung, dass es kaum noch eine deutsche Front gibt, demnach auch keine Truppe mehr, zu der ich zurückkehren könnte. Das Einzige, was passieren würde, wäre, dass ich in einem zusammengewürfelten Alarmhaufen an der Ostfront verheizt werde, und das will ich auf keinen Fall.

Weiter geht es für mich, nun aber Richtung Südwest. Ich will nun ebenfalls versuchen, mich nach Hause durchzuschlagen. Es erscheint mir nun letztendlich doch als das einzig sinnvolle.

Ich erreiche den Südwestrand des Waldes. Vor mir liegt nun das weite Harzvorland. In der Ferne sehe ich weiße Steilkanten der Gipssteinbrüche in der Sonne des Spätnachmittags am 20. April 1945.

Ich schleiche einen kleinen Feldweg entlang. Kurz nach einer kleinen Abbiegung sehe ich eine Person in brauner Uniform in einer Mulde am Rand des Weges liegen, ein Pole. Ich schleiche mich vorsichtig an ihm vorbei. Er scheint zu schlafen, undeutlich kann ich ein leises Schnarchen hören. Ich bin schon beinahe an ihm vorbei, da sehe ich aus dem Augenwinkel, wie er anscheinend wach wird. Nun schallen bei mir alle Alarmglocken. Wenn er wach ist und mich sieht, ist es aus. Er wird garantiert Theater machen und die ganze Gegend wird rebellisch. Wer weiß, wo seine Kumpanen sind.

Mit einem gewaltigen Satz hechte ich auf ihn zu. Sofort steigt mir der unangenehme Geruch von Alkohol in die Nase. Der Knabe ist voll bis Unterkante Oberlippe. Dementsprechend unkoordiniert ist seine Abwehr. Schnell fixiere ich ihn mit meinen Knieen und halte ihm mit der linken Hand den Mund zu, sodass er nicht schreien kann. Mit der rechten Hand angle ich nach meinem Seitengewehr. Durch meine reichhaltige Erfahrung im Nahkampf ist dies alles für mich keine große Herausforderung. Mit geübtem Griff halte ich an der Kehle des zappelnden Polen an und beginne zu schneiden. Sofort quillt ein Schwall Blut aus der Wunde. Der Pole schaut mich mit schreckensgeweitetem Blick an und nach wenigen Augenblicken sehe ich, wie das Leben in den Augen meines Gegners erlischt.

In mir entwickelt sich eine verwegene Idee. Ich zerre den toten Polen ins dichte Gebüsch hinter ihm und ziehe seine Uniform aus. Nachdem das geschafft ist, ziehe ich nun meine eigene Uniform aus und stülpe sie dem Toten über. Danach ziehe ich nun die verschlissene und nun auch blutverschmierte Uniform des Polen an. Meine Orden und Ehrenzeichen entferne ich jedoch schnell und stecke sie mir in die Stiefel, sodass sie bei einer Kontrolle hoffentlich nicht gleich gefunden werden. Ich habe viel Blut, Schweiß und Tränen dafür geopfert und so manche Todesgefahr überstanden. Daher kann ich mich einfach nicht von ihnen trennen. Doch mein Wehrpass lass ich beim Polen, nur entferne ich natürlich mein Bild, denn der tote sieht mir einfach überhaupt nicht ähnlich. Nun sehe ich aus wie ein polnischer Arbeiter aus einem Arbeitslager, und wenn jemand den toten Polen finden sollte, dann wird er ihn für einen weiteren toten deutschen Soldaten halten und das scheint zurzeit niemanden richtig zu interessieren. Meine neue Walther P.38 verstecke ich in meiner Uniformjacke, sodass sie nicht gleich offensichtlich zu sehen ist.

So verkleidet kann ich auch auf dem Weg weiterlaufen. Deutsche werden mich kaum ansprechen, und sollte ich von einem Amerikaner oder Polen angerufen werden, so nehme ich mir vor, einige unverständliche russische Worte, die ich mir in den Jahren an der Ostfront angeeignet habe, zu stammeln und zu lallen. Ein paar Ausfallschritte und mein Theater des betrunkenen Polen sollte perfekt sein. Auf die Probe stellen möchte ich es jedoch nicht.

Bald setzt die Dämmerung ein. Gerade wollte ich mir schon eine neue Bleibe für die Nacht suchen, da höre ich hinter mir eine Kutsche kommen. Ich stelle mich demonstrativ mitten auf die Straße und die Kutsche muss halten. Die beiden Kutscher schauen mich ängstlich an. Ich muss wohl auch einen beängstigenden Eindruck machen mit meiner blutverschmierten Uniform. Ich gehe zum Fahrer und frage ihn in lupenreinem Deutsch, ob sie mich ein Stück mitnehmen könnten. Nun weicht die Angst der Verwunderung. Schnell erkläre ich ihnen mit einem Grinsen den Grund für mein verwegenes Auftreten und meinen Aufzug. Der Kutscher schaltet blitzschnell; er meint, ich solle mich schnell auf die Ladefläche der Kutsche begeben und mich dort zwischen den Gerätschaften und Waren verstecken. Ich mache, wie mir geheißen. Kaum habe ich mich einigermaßen unter den Gerätschaften verkrümelt, geht es schon los. Nach einer halben Stunde Fahrt, kommen wir auf dem Hof meiner Helfer an. Der Bauer fährt direkt in die große Scheune hinein. Hier kann ich endlich absteigen. Der Bauer läuft schnell ins Haus und sagt seiner Frau, sie möge ein paar Sachen bringen. Kurz darauf kommen die beiden mit mehreren Kleidungsstücken zurück. Die Bäuerin trifft beinahe der Schlag, als sie mich sieht, doch schnell klärt der Kutscher sie auf.

Rasch ziehe ich die abgetragene Uniform aus. Die Bäuerin nimmt sie und steckt sie sofort in den Ofen. Ich kann gerade noch meine Orden retten, denn die Stiefel fliegen gleich hinterher in die Glut. Mir wird ein Badezuber in die Scheune gebracht und dazu noch ein gutes Stück Seife. Kurz darauf wird Wasser aufgefüllt und ich kann nach ewigen Zeiten mal wieder richtig baden.

Danach streife ich mir die mitgebrachten Sachen über, welche vom Sohn des Bauernpaares stammen. Die Bäuerin erklärt, dass ihr Sohn in der Kriegsmarine diene und irgendwo in Norwegen stationiert sein soll. Das nette Paar hofft, das auch er bald wieder zurückkommt. Nachdem ich mich angezogen habe, gehen wir gemeinsam ins Wohnhaus. Dort bekomme ich ordentlich etwas aufgetischt. Man stellt mir belegte Brote, Speck, Eier und Schinken hin. Ich verschlinge bergeweise davon. Beim Essen erzählen meine Helfer mir, dass nun überall Gefahr und Verrat lauert. Manch ein vormals strammes Parteimitglied verrät nun herumirrende Soldaten, um sich mit den Besatzern gut zu stellen. Auch die Polen, welche herumstreifen, sind immer eine Gefahr.

Erst vor kurzer Zeit hätte eine Gruppe Polen einige deutsche Soldaten entkleidet und nackt durchs Dorf geprügelt mit Hilfe von Ledergürteln, Reitgerten und Holzlatten. Zu guter Letzt wurden die armen Gestalten zu einem Lastkraftwagen der Amis getrieben, um dann in ein Gefangenenlager gebracht zu werden. Die Amerikaner hätten dem brutalen Treiben der Polen tatenlos zugeschaut und nicht eingegriffen.

Der Bevölkerung sei es unter Strafe verboten deutschen Soldaten zu helfen oder sie zu verstecken. Für diese Nacht bietet man mir an, dass ich hier übernachten kann. Am frühen Morgen jedoch müsse ich gehen.

Bereitwillig lege ich mich in das schon vorbereitete Bett des Bauernsohns. Ich weiß gar nicht, wie lange es her ist, dass ich in einem richtigen Bett mit sauberer, weißer Bettwäsche geschlafen habe.

Am frühen Morgen des 21. April 1945 werde ich von einem Hahnenschrei geweckt. Es gibt noch Frühstück, bestehend aus Eiern, Käse und Brot. Als ich fertig bin, mache ich mich zum Aufbruch bereit.

Man merkt den Leuten die Anspannung an. Ich bekomme noch reichlich Proviant und eine Spitzhake. So sehe ich aus wie ein Tagelöhner. Man erklärt mir den Weg zu einem befreundeten Bauern, welcher weiter abgelegen ist. Dieser kann sicherlich eine helfende Hand gebrauchen. Hier kommen wohl ab und an Amerikaner vorbei, um Waren zu holen oder einzukaufen.

Wieder geht es für mich quer durch die Landschaft. Wenigsten muss ich diesmal nicht hungern.

Ich halte mich strickt an die Anweisungen, welche mir die Bauernfamilie gegeben hat. Es stellt sich heraus, dass der Hof tatsächlich sehr abgelegen liegen muss, denn schon bald geht es nur noch einen sehr schmalen Feldweg entlang.

Am Nachmittag komme ich an einen Fluss. Dies müsste die Söse sein. Was nun? Nach drüben schwimmen? Nachdem ich die Wassertemperatur getestet habe, muss ich feststellen, dass es noch unangenehm kalt ist. Ein Boot kann ich leider auch nicht sehen. Also gehe ich weiter flussaufwärts.

Wenige Kilometer später gelange ich an ein kleines Dorf. Auf dem Ortseingangsschild steht »Förste-Nienstedt«. Ist es von Truppen besetzt? Ich kann nichts entdecken. Eine sehr riskante Situation. Wenn ich entdeckt und kontrolliert werde, ist es aus. Papiere habe ich nicht. Ich entschließe mich dazu, mir irgendwo eine ruhige Stelle zu suchen und die Abenddämmerung abzuwarten. Zum Glück dauert es nicht lange, bis es so weit ist. Von meinem Versteck aus konnte ich den Dorfeingang beobachten. Es waren keine feindlichen Truppen oder herumstreunenden Polen zu sehen. Also riskiere ich es und schleiche durch das Dorf. Schnell komme ich an eine beschädigte Brücke. Ist sie bewacht? Ich kann nichts entdecken, also schnell rüber. Ich komme glücklich auf die andere Seite. Nun wieder aus dem Dorf hinausschleichen und wieder den Weg zurück.

Ich marschiere die ganze Nacht durch und am frühen Morgen des 22. April 1945 erreiche ich ein abgelegenes Gehöft.

Schon von weitem sehe ich einen Mann, welcher sich um einige Kühe und Schafe kümmert. Ich nähere mich ihm und er steht erwartungsvoll da. Ich schildere ihm meine Erlebnisse der letzten Tage und auch, was ich von den Bauern auf dem ersten Hof erfahren habe.

Der ältere Bauer willigt ein, mich hier für einige Zeit zu beherbergen und mich zu beschäftigen, bis alles in einigermaßen geregelten Bahnen läuft und ich mich in Richtung Heimat absetzen kann.

Der Bauer erzählt mir auch von den neusten Frontberichten: Immer weiter wird die Wehrmacht zurückgedrängt, der Feind treibt zerschlagene Resteinheiten vor sich her, Franzosen stehen vor Vorarlberg, die Sowjets haben Berlin fast vollständig eingeschlossen, der Führer leitet die Abwehrschlacht gerüchteweise aus der Stadt heraus. Die Festung Harz hat kapituliert. Mir sind all diese Nachrichten recht egal - für mich ist der Krieg bereits jetzt aus.

ENDE

Ihre Zufriedenheit ist unser Ziel!

Liebe Leser, liebe Leserinnen,

hat Ihnen unser Buch gefallen? Haben Sie Anmerkungen für uns? Kritik? Bitte zögern Sie nicht, uns zu schreiben. Wir werden jede Nachricht persönlich lesen und beantworten.

Schreiben Sie uns: info@ek2-publishing.com

Wussten Sie schon, dass Sie uns dabei unterstützen können, deutsche Militärliteratur sichtbarer zu machen? Bitte nehmen Sie sich einen Moment Zeit und bewerten Sie dieses Buch auf Amazon. Viele positive Rezensionen führen dazu, dass das Buch mehr Menschen angezeigt wird.

Sie können somit mit wenigen Minuten Zeitaufwand unserem kleinen Familienunternehmen einen großen Gefallen tun. Vielen Dank für Ihre Unterstützung!

PS: In seltenen Fällen kommt ein Buch beschädigt beim Kunden an. Bitte zögern Sie in diesem Fall nicht, uns zu kontaktieren. Selbstverständlich ersetzen wir Ihnen das Buch kostenlos.

Ebenfalls erhältlich

Horror trifft Ostfront

Die Bundeswehr im Kosovo-Krieg

Nicht vergessen – Jetzt in den Newsletter eintragen und gratis E-Book sichern!

Tragen Sie sich in den Newsletter von *EK-2 Militär* ein, um über aktuelle Angebote und Neuerscheinungen informiert zu werden und an exklusiven Leser-Aktionen teilzunehmen.

Link zum Newsletter:
https://ek2-publishing.aweb.page

Über unsere Homepage:
www.ek2-publishing.com
Klick auf *Newsletter*

Via Google: *EK-2 Verlag*

Als besonderes Dankeschön erhalten Sie **kostenlos** das E-Book »Die Weltenkrieg Saga« von Tom Zola.

Hermann Weinhauer - Bücher gegen den Zeitgeist

Folge dem Autor jetzt auf Facebook und lasse Dir keine Neuveröffentlichung entgehen!

Druckhinweis:
Libri Plureos GmbH
Friedensallee 273
22763 Hamburg

Eine Veröffentlichung der EK-2 Publishing GmbH

Friedensstraße 12
47228 Duisburg
Registergericht: Duisburg
Handelsregisternummer: HRB 30321
Geschäftsführerin: Monika Münstermann

E-Mail: info@ek2-publishing.com

Homepage: www.ek2-publishing.com

Cover/Umschlag: Rock_0407
Autor: Hermann Weinhauer
Lektorat & Buchsatz: Jill Marc Münstermann

2. Auflage, Januar 2022
ISBN: 978-3-96403-161-7

FSC
www.fsc.org

MIX
Papier aus verantwortungsvollen Quellen
Paper from responsible sources
FSC® C105338